눈물도곱아불언마씀

눈물도굽아불언마씀

황금녀 시집

머리글

어릴 적 그리운 고향 바당ᄀᆞ듸
돌빌레 우티 공고롯이 앉이민
본본흔 바당 서착 물ᄆᆞ루가
춤말로 경 고와나십쥬
물아랭인 아롱아롱
돌굴멘 얼망얼망
절물 ᄀᆞ음에선 공글공글
물생이덜은 빙빙 감장돌곡
굴매기덜은 끼룩끼룩

오랜만에 늣선 백발 모습에
서우봉 풀꼿덜 전에 없이 조심조심
귀큰 낭에선 섭생이덜을
눈시울 아래 축 처진 내 둑지레 얹어줌은
ᄉᆞ삼에 가신 님덜 그 애틋흔 펜지인양

성났던 고향 바닷가는
관대모살밧에 속울음 안은 채
살포시 내려 앉아
그저 잔잔훈 물결로 흐느끼나 봅니다

눈물도 굽아 불언마씀

8

제1부

눈물도 곱아불언마씀

등잔 불빛도 애닲아가는데

내 어린 날과
이 늙은 날을
한데 꿰메어
수삼을 기워넣었습니다

고운 꽃봉오리 안은 삼만여 청춘들이여
젊은 것이 죄였던가?

꽃구름이 머물다 가면
하늘만 쳐다볼 건가요
먹구름이 머물다 가면
하늘만 쳐다볼 건가요

그 마음 속 꽃 피울 사랑을 누가 아나요
사진으로 찍을 수 없어
엑스레이로 찍을 수 없어

보고싶단 말
사랑한다는 말
글로 쓸 수밖에 없었습니다

등잔불도 애닮아가는데

눈물도 곱아불언마씀

웅장한 한라산엔 삼백예순 ♀둡개 오름골마다
나무들 번성하고 꽃들 고와
봄이 오는 소리 술렁거리고
온갖 새들 노래 소리 유창했었죠
주위에 풀꽃덜은 겁에 질려 소들소들 유울고
고운 꽃들은 군홧발에 몇 번이나 짓밟히고
총에 맞아 쓰러지는 수많은 사람들
잡풀로 알았던가
잡풀은 무성하리라고
눈뜨고 볼 수 없는 극에 달한 참혹한 그 광기
까마귀가 "까왁" "까와왁"
목이 쉬도록 곡(哭)을 하자
온갖 새들도 목이 터져라 곡을 합니다
혹독한 수난을 보시고 하늘님이
"거 무신 꼴공?" 한마디 하시련만
작은 새들도 나뭇잎들 흔들어 가며
간절하게 곡을 합니다
초토화 작전에 뜨던 별들은

차마 얼굴을 돌리더니
제주는 왁왁 침침
잉걸불도 다 꺼진 앞에서
입 한 번 버을 수 없는
가슴 속에 타는 불은
끄지 못하는 긴 세월
그렇지! 모를 리 없으리
애석하게 돌아가신 삼만여 분 가슴에
묵은 이름표 떼어내고 당당한 평화의
새 이름표 달아주셨으니

그 광풍을 살아낸 사람들
그때 여덟살 계집아이
"어머님, 우리나라엔 임금님도 엇우꽈?"
어머님은 내 입을 손으로 얼른 막으며
"쫌쫌, 속쏨"흔 후로는
울지도 못했었는데
이제는 까마귀 온갖 새들 곡(哭)에도 고마움을 전하며

곱아불었던 눈물
오랜 세월 농익어 짜고 짜진 눈물
탐라의 눈물인줄 압니다

사월 하늘 아래서

수삼에 끌려가며
흔굿들로 끌려가며
체념의 표정들
부모 형제들 생각에 가슴 무너져
혹여 내 형제들 내 이름 부르며
뒤따르고 있을까

굽이 굽이 그리움으로 휘감긴 길에
서로 마주보며 입 방긋ㅎ멍 눈맞춤ㅎ던 연인아
행여? 뒤를 돌아보다 총대로 쥐어박아
가슴 무너지며 애가 타들어가는 청춘들이 한둘이던가

하늘을 본다
하느님 살려주세요 제발
가냐귀들이 까왁 까왁 까왁~

가냐귀*들 이름 빌려
어서 전해다오
속달로~ 속달로~

어느덧 물모르* 우틔선
욤아가는* 즈냑해가 애수룩 애수룩

"험도 허엿주 츠마가라"
눈물로 생을 오짓* 종가불엇구낭아
색동 노을들은 검은 수의를 갈아입는 것 같아
가냐귀들은 까왁 까왁 까왁~
빙빙 감장돌멍* 곡을 이어가고

* 가냐귀: 까마귀.
* 물모르: 수평선.
* 욤아가는: 곱게 익어가는.
* 오짓: 전부, 통째로.
* 감장돌멍: 빙빙 돌아가며.

18

온 무실이 울던 날

함덕 늘 푸른 바닷가엔 성난 파도도 가끔 찾아오지만
모살은 늘 은빛이었습니다
"마을 여러분들 관댓 모살로 연설 들으레 나오시오!"
확성기 소리에 "무슨 일인가?"
웬걸 그 고운 은빛 모래살 구덩이를 몇 개 파놓고
구덩이 옆에 말키우며 농사짓던 청년들 오숫 명을 세워놓고
총을 겨눌 순간이 되어갑니다
마을 이장과 그 친구 송정옥 두 분이 급히 뛰어나가
두손 모아 빕니다
"이 청년들 이번만 살려주십시오. 다음 무슨 일 있으면
우리가 책임지겠습니다"
"옆에 서시오"
어느새 방아쇠는 당겨지고 '탕 탕 탕 탕 탕 탕'
모두는 쓰러지고 바닷가에 피던 숨비기 꽃들도 까무러쳤으리
어느새 성난 파도 절우리로되어 밀려옵니다
마지막 무슨 말을 남기고 싶었을까?
마을어귀에 늙은 팽나무 아래서
마을분덜을 자주 만나 울고 웃던

그 팽나무가 생각나셨을까?
하나뿐인 그 아덜 한제진 ᄉ삼에 희생되고
그 핏줄 ᄒ나 태어난 지 ᄋᄉ둘
그 손자 차마 두고 가셨으니
우리 웨삼촌 한백흥 이장님과
송정옥님과 그 청년들 ᄋᄉ분
행실표를 적어놓으셨으리
하늘의 천사가 그날
돔박꽃들은 이판사판 "뚝뚝" 떨어지곡
온 ᄆ실이 울던 그날
1948년 11월 1일 그날

세계에서 제일 긴 무덤 1

아침부터 햇살은 무웅했으리
대전 골령골 골창 연이어 들어오는
트럭 소리에 여린 풀꽃들도 눈을 떴으리
트럭에 탄 많은 청년들은 설마 했으리
마구 쏘아대는 총소리에
풀꽃들은 까무러쳤으리

그 청년들은 무슨 죄련가?
아~ 높은 산이라도 넘으며
깊은 바다라도 건너며
오심직도 흔 그 긴 세월

그 무덤 뚫고 뛰쳐달음질쳤으련만~
부모형제들 식구들 보고픔에
제 아버님께선 맨발로라도 뛰었으련만~
순정에 그리움 품은 사람들은 얼마나 많았을까?
많은 청년들은 연인의 얼굴이 떠올라
"사랑아~ 사랑아~" 큰 소리로 외치며 갔으리

봄만되면 온갖 풀꽃들

그 긴 무덤 꽃단장 해놓고

여름이면 온갖 새들이

까마귀를 앞세우고

목심줄 붉어지도록 축가를 불러주었으리

가을이면 온갖 가랑잎들 날아와

이불처럼 포근히 덮어주고

겨울이면 하얀 눈으로 덮어주니

순백을 고백했으리

그날 까무러쳤던 풀꽃끼리

통하는 순백의 말이 있었으리

우리가 이 길고 긴 무덤을 앞장서 단정해드리자...

가시엉겅퀴나 잡풀들은 얼른 자리를 비켜주었을 것입니다

또 봄이 오면

세월은 가고

이제야 파헤쳐진 그 무덤 속엔

지들르멍 포부뜨단 뼈들 추슬러

한 줌 재로 따뜻한 고향땅 봉개동에

자리잡은 잘 단장된 4·3 평화기념관으로 모셨습니다

이제라도 깊은 잠 푹 쉬고 계십시오

머지 않아 하늘님께서 착한 사람들

죄없이 죽임 당한 분들께는

평화스런 나라를 상속해 주신답니다

골령골 그 처참했던 무덤은

세계에서도 제일 긴 1킬로나 되는 무덤으로

유네스코 세계기록유산으로 등재시키려고 노력중입니다

사랑합니다 아버님들 모두들

그 무덤을 단장해주던 예쁜 풀꽃들

모두들 안녕!

세계에서 제일 긴 무덤 2

가을바람이 달려와 간지럼을 태우는지 허리가 휘도록 자지러지고
키작은 꽃들도 안달이 나서 잎들을 흔드는데
그 꽃들에게 답을 보낼 생각도 잊은채
요즘 들려오는 소식에
무자기축년에 어웃ㅎ게 벌러진 내 가슴에선
슬픔이 자라고 칭원홈이 자라
풀꽃 한 송이도 못 피운
그 긴 세월 농익어 짜고 짜진 눈물 차마 얼어
온몸이 오한징까지 일어 몇날 몇밤 이불깃을 당겼습니다
총 한 방이면 사람은 죽을 텐데
아름다운 조선의 나라에서 그렇게 심우쟁이 좋지 않는 사람들도
있었을까
왜 골령골 산골짜기에선 그 많은 청춘들 트럭 태우기 전에
묶인 손에 발에 따발총을 쏘아 놓고 트럭에 집어넣고 그 사람들
우에다
가마니를 덮고 또 사람들을 밀어넣고 또 가마니를 덮고 밀어넣고
몇 겹을 싣고 가서 파놓은 구덩이 밀어넣어 쏘아대던 때
그때 제 아버님 그 많은 청춘들 얼마나 아팠을까

지금 파헤쳐지는 세계에서 제일 긴 무덤

그때 봤던 증언자에 의하면 7천명 이상 8천명이나 되는 분들이

난동이라도 피울까 염려해서 그랬을 것이라는 증언

몇날 몇밤을 '오 하느님, 공의는 어디로 갔단 말입니까'

공의는? 공의는? 하며 한없이 우는데

너그러운 아버님 모습에선 결코 그들을 미워하지 않고

"오, 하느님! 국가는 무엇이며,

국민들은 무엇입니까"하고 외치며 가셨을 거야!

그 알맹이 말만 내 가슴에 꼭 품곡 악을 선으로 갚으라 하신

하늘님의 말씀 생각나서 나는 당차게 외쳤습니다

아버님 모두들 낙원에서 만나요

나는 아버님들 모시며 영원히 살게요

이 설움 목 울대 안으로 솜지멍

마니털멍, 놀아나는 낭 잎생이

고개숙인 물마농꼿*덜이 질게 늘어선 골목 안집
칼브름이 둘려완 마당을 씬다
댓돌 아래 소도록이 모다앚인 낭섭덜
무신 이왁* ㄴ남신고
갈디가 어신가
초라하게 보이고
늦돋은 담고망*으로 브름덜만 들억낙 들억낙*
믄뒌* ㅅ답줄*만 건당건당*
우잣우티 오씩 타앚인 드릇 국화가
낯선 백발을 보며 눈치를 슬피곡

* 물마농꼿: 제주 수선화.
* 이왁: 이야기.
* 고망: 구멍.
* 들억낙 들억낙: 들락날락.
* 믄뒌: 다된.
* ㅅ답줄: 빨랫줄.
* 건당건당: 건들거리는, 흔들리는 모양.

식솔덜은 다 어딜가곡
자손덜도 먼데로 떠났나

울타리 옆엔 질경이 식솔덜 드믄드믄 모다삿고
양애*도 도난 던덕이지고*
지슬물*만 느리던 집가지 아랜
잡풀들만 덤방훈* 수이수이 쓴부르* 식솔덜 그 노란 꼿이 잘도 곱네
덤방훈 잡풀 수이수이 새우리*광 꿩마농*덜이
고운 머릿결 닮게 휘늘어지고
푸께낭* 멧 그루 올맬* 싸안고 건장하구나

* 양애: 양하, 생강과 여러해살이풀.
* 던덕이지고: 무더기로 번지고.
* 지슬물: 지붕 처마에서 내리는 물.
* 덤방훈: 무성한.
* 쓴부르: 민들레꽃.
* 새우리: 부추.
* 꿩마농: 달래.
* 푸께낭: 땅꽈리.
* 올매: 열매.

독고달꼿*도 벵*이든 듯 쯔그리고 앉았구나

멜섹이 앉인 땅꼿*덜이 고운 꼿을 피완

두린* 나비덜로 ᄇᆞ동거리멍* 올락ᄂᆞ력ᄒᆞ는게 융도* 아꼽네*

정짓ᄆᆞ롱*에 늙은 감낭 ᄒᆞᆫ 줴*

굽뎅이엔 늧*도 번질데로 번젼

덩체기*엔 꽹이만 진 낭

등은 굽을 대로 굽었구나

*독고달꼿: 맨드라미꼿.

*벵: 병.

*땅꼿: 채송화.

*두린: 어린.

*ᄇᆞ동거리멍: 바둥거리며.

*융도: 이렇게도.

*아꼽네: 곱고 사랑스럽네.

*정짓ᄆᆞ롱: 부엌 뒤쪽.

*ᄒᆞᆫ 줴: 한 그루.

*늧: 이끼.

*덩체기: 큰 나무 밑동.

낭가쟁이*덜은 오글랑 대글랑*

얼키고 설킨 삭젱이

경해도 새순 돋는 듸선

프리롱흔 입생기덜 내와줨

"메께라*" 그 프리롱흔 입생기가

내 둑지 웃터레 흔 입 언져 줨

얼른 손에 심언 보난

'마니 털멍*' 눌아나불멍

'거짓깔 할망'

'아~ 그렇구나'

이곳에 주인이 긴 무덤에 묻힌 분이시구나

또 푸린 입생기덜이 여러개 '마니 털멍' 날아가는구나

* 낭가쟁이: 나뭇가지.
* 오글랑 대글랑: 이리 휘어지고, 저리 휘어지는 모습.
* 메께라: 감탄사 "웬일? 무슨 일이야?".
* 마니털멍: 도리도리 고개를 흔들며 "아니 아니 싫어"라는 말.

이 시상에 어떤 임금님이 나오라사

"이젠 전쟁은 '뚝' 그치라"ㅎ민 그칠까?

성서 말씀이 생각난다

그것은 하늘님 왕국이 뒈여서만 될 일이라고

사람들은 그날을 기달리는 겁주마는

걷는 걸음이 무겁기만 ㅎ우다

"옳지!" 이 집을 빤지롱허게* 단장ㅎ곡 온갖 꼿덜 싱경

골령골 풀꽃씨앗 받아당 싱거놓곡

전쟁에 아픔을 후손덜이 알도록 돌판에 새경 써놓곡

경허곡 현판을 걸어 놓을까

'골령골 풀꼿집'이란 현판을

들어오는 골목질엔

울당 울당 지친 사름덜

살당살당 버친 사름덜

* 빤지롱허게: 깨끗하게.

30

들어오성 건불령 가십서덜

살을메 날 거우다

관광객도 하간 사름덜도 들어왕

전쟁 역사 배우멍 알릴 수 있으련만

누게의 심으로 그 일을 흐랴

구름에게

바람에게 부탁해볼까

하늘을 보니 마침 꽃구름이

오름골을 넘어 머뭇거리기에

구름도 바람도 쉬어갈 수 있는 집이 될 테니

"풍운제(風雲齊)"란 간판도 걸어 놓을까

마침 지나던 구름이 자꾸 머뭇거리네요

나는 손나팔 부네요

다시 오라고~

할 말이 있다고~

부디 노하지 마소서

대자연은 일하면서 침묵인데
해, 달, 별들도 침묵하며 움직이는데
인간들은 눈을 바로 뜨고
마음을 열라시는
사랑을 가두지 말라 하시는
하늘 아래 제주에선
기축 무자년 사삼 그 봄
난데없는 장총 소리 기관총 소리에
휘어지던 파란 보리밭이 붉은 물 들이는데

"어디로 가셨나" 까마귀들은 아는 척 "까왁 까왁"
영 안오시는 삼만여 친구들이여
이런 아픔 속에서 주저앉아 울지 않을 순 없었지만
부디 노하지 마소서
그곳엔 미움이 노함이 전혀 없는 곳
출렁거리는 청보리 들판 밭담길 걸으며
티없이 맑은 하늘에
비취빛에 분홍꽃 향기에

유채꽃 배추꽃 무꽃 피고
꿀벌 일벌들도 나비들도 날고
깔깔거리는 소녀들의 웃음 틈새에는 사랑과 시가 있으리니
부디 애석하게 생각지 마소서 애틋함으로 가슴들 채워질 걸세
친구들이여 머지않아 그곳에서 만나 얼싸 안아보자꾸나
이 모든 것들이 죄없이 간 이들에게 하늘에서 내리는 상이라네
하늘의 감사의 은총이라네

제주 펭화의 섬

제줄 물 막은 섬이렌 ᄒ여도
해 거른 날 시랴
돌이 봉긋
벨이 송송
바당물에 비추는 슬짝 눈웃임치는 초싱돌이 굴메엔
나 ᄆ심 앗아내멍 ᄆᆫ 주구쟁훈
좋기도 경 좋은
곱기도 경 고운
제줏땅에
옛적부터
낭은 돌으지
돌은 낭으지
ᄇᆞ름으지 촞앙
사름덜은 찌리찌리 으지암지
하늘 우러루멍 인사리뒈영
ᄇᆞ람짐광 인ᄉ성도 좋음광
더울 땐 식은 물로 언땐 ᄄᆞ신 물로 대접ᄒ곡
쉰다리도 통대왈로 ᄀᆞ득이멍 들이십센 대접ᄒ곡

붉는 날엔 잠대 진 아바님 주롬엘 밧갈쉐 이껑덜 가낫주
씨 뿌리는 어머닌 풍요를 꿈꾸엇주
지는 해엔 오름도 넘으멍 글청더레 글동녕ᄒ레 가낫주

츠마가라
어이 침 사가리엇인 수삼 만난
살쳇사름덜 조고마니 테역벙뎅이 뒈여시랴
밤새낭 둘만 보멍 번찍 들러세단 제주 사름덜이여
무자년 그봄인 세월도 고붓ᄒ멍 혼탄을 ᄒ더렌마씀

살아 남안 가심치단 자덜은
급치지라 급갈르라
발루우라 발루우라
걸릴패 걸릴패 붉히라
설어내라 설어내라
페적나게 팻말이라도 들렁 상 베구와보카ᄒ단 그 세월
한결홀 리 엇인 세월 앞이서
남은 자덜도

굴아간다 굴아온다 ㅎ는 말
줄소도리 ㅎ당은
줄초상날 일
"설러불게 설러불게"
싸움본천 치와불곡
웃임본천 맹글아사
제주가 펭화의 섬이 뒐 거옌 굴으멍덜
세월이 즈르지덴 스뭇 다울려노난에
조름 흔 번 돌아볼 어가도 엇이
가수께덜
감수께덜 몬덜

이딘 애기 돔박꼿덜도 즈셀 눗추완
고갤 끄딱ㅎ멍
소고롯이 고붓ㅎ염서마씀

초마이 가분 이녁

어떵 가지던고 이녁 이녁!
그 험훈 질 어떵 넘어신고 이녁!
눈을 곱아도 얼믓얼믓
눈을 터도 솜솜
억장 무너진 수삼에 넉난 세월
어웃흐게 벌러진 가심 안앙
난 어떵 살렌 가십데가
어린 것덜 키우젠 흐난 정짓모롱에 돌아상 울어십쥬
돌레 방석 페와낭 ᄀ래ᄀᆯ멍도 눈물제완마씀
불치 안곡 오좀허벅 지영 밧더레 가당도 돌팡에 앉안 울어수다
비오는 날은 목커리 보리클에 보리 홀타가멍 비영 흔디 울어수다
비는 무사산디 고래장비로 옴광
집가지에 ᄂᆞ리는 지슬물만 봐도 눈물이 그랑그랑
웃녁칩이 강만 오젱흐ᆞ도 이 어멍 굴중이 심엉 종끗종끗
등기단 어린것덜
어린것덜이 먹으민 이 어멍이 먹은간 허곡
어린것덜이 입으민 이 어멍이 입근간 허곡
걸음반 돌음반 흐멍

눈에 '홰' 싼 살아수다
자릿도세기 키왕 풀아사 아이덜 월사금도 내곡
돗통시에 돗거름 내는 날은 츤 공일이라서
나가 갈쿠리로 똥걸름 파내는 냥
똘은 굴갱이 심엉 손으로 굴체더레 담아당 마당에 널어놓으민
경ᄒᆞ도 햇살이 고맙게 물류와주난 밧듸 걸음으로 씨곡
그적읜 장갑도 엇이 입마개가 잇어수과
츠마이 어떵 가집데가 이녁

이녁만 잇어시민 우린 도고높은 척은 안ᄒᆞ주마는
보곰지 돈찍ᄒᆞ곡
'와'그리멍 살암시컬

폭낭 우티 왕젤은 저물앙 울어신디
메께라! 이밤 벨덜은 통대왈만ᄒᆞᆫ 눈만 껌뻑껌뻑
나 눈이 눈물만 쨉질단 보난 통대왈만이 멜라진 생이로구낭아

아버님 보고픔 누뜰멍

ᄇᆞ름은 무신 일로 뭉상거렴신디사?
둘빛 아래선 더 서창ᄒᆞ곡 애삭ᄒᆞ곡
게고제고 잊어불 수가 엇어마씀게
무자년 ᄉᆞ삼
어이가 엇곡 ᄀᆞ이가 엇곡
굴을 나위 들을 나위엇곡
입 ᄒᆞᆫ번 버을 수 엇언
사름덜은 말물레기 뒈연
닌착ᄒᆞᆫ 가심에
박박 털어십쥬
달달달달 털어십쥬
희생 뒈신 동네분덜 퀜당덜
제 아버님 생심 잊어불 수가 엇우다
보고픔이 제벨ᄒᆞ연
닌착ᄒᆞᆫ 가심엔 그 수두락ᄒᆞᆫ 보고픔
누뚤멍 살아십주
유마 뭉생이 가라뭉생이
둘가닥 둘가닥 탕 뎅기당

나를 얼른 안앙 ᄆᆞᆼ생이 등에 올려주민

ᄆᆞ소왕 울쟁ᄒᆞ민 나를 빙빙 돌리멍 우리 도실금 똘이여

무등 태와주시던 아버지

산듸찝 물 추경 덩드렁마께로 '독독' 두드령

ᄉᆞᆺ노끼 꼬왕 베틀락ᄒᆞ랭 우리 벗덜신디도

ᄂᆞ놔주시단 아버지

밧듸 갈 땐 머루도 멩게도 꺾어당 주시단 아버지

ᄀᆞ자도 눈에 얼망얼망ᄒᆞ멍 가심만 알렴서마씀

을큰ᄒᆞ민 어떵홉광

칭원ᄒᆞ민 어떵홉광

아버님 ᄂᆞᆺ ᄒᆞᆫ번 뵈옵지 못ᄒᆞᆫ 막내가

일흔이 다 뒒시난 그 진진ᄒᆞᆫ 세월

얼마 엇엉 그듸 강 어머님이영

온 우리 식솔덜 언주우멍 안앙 울 땐

눈이 휘둥그렁ᄒᆞ여질 거라마씀!

그디선 만수무강 ᄒᆞ십서 아버님!

아버님! 아버님!

우리 우잣담 우터레 동못이멍싸라 ᄋᆞ씩 타앉인

저 고래호박이 맞지 좋게 익언

마옹이 우리덜 눈치만 슬폄서마씀게!

아 좀들지 안흐는 남도여

저실내낭* 눈-누뎅이* 후리치단 한락산 수시* 웃드르렌*
벳ᄀ랭이산디사 운애산디사 어룽어룽 부영흔디도*
ᄂᆞ롯이 싸흔 날쌔에*
ᄆᆞ실어귀* 폭낭 아래
질ᄀᆞᆺ 돌팡* 우티 공고롯이* 홋저구리* 입은 냥 발도 엇드디멍 나완
오도겡이* 나앚인* 알동네 순분이 할마님

*저실내낭: 겨우내/겨우내내. 겨울 동안 쭉.
*눈-누뎅이: 눈-파도덩이.
*수시: 근처. 근방.
*웃드르렌: 윗들에는 산야(山野)에는.
*벳ᄀ랭이산디사:아지랑이인지.
*부영흔디도: 부연데도.
*ᄂᆞ롯이 싸흔 날쌔에: 산꼬대가 싸한/싸늘한 날씨에.
*ᄆᆞ실어귀 폭낭: 마을어귀 팽나무.
*질ᄀᆞᆺ 돌팡: 길가의 돌대[路邊石臺]. ※'팡'은 짐을 부려 놓거나 말을 타고 내릴 때 밟는 단(壇)이나 대(臺) 따위.
*우티 공고롯이: 위에 좀 높직이.
*홋저구리 입은 냥: 홑저고리 입은 채.
*오도겡이: 우두커니.
*나앚인: 나앉은.

무싱걸* ᄒᆞ욤신곤* 그 거동을 보난에*

거저부처ᄒᆞ게*

야갤* ᄀᆞ들거리멍

히죽히죽ᄒᆞ당은에*

중은중은ᄒᆞ당은에*

무신 이왁 ᄒᆞ욤신곤* 귀쥉 들으난에*

"그지게* 동동네서 종지윷도* 넉동배기도* ᄒᆞ멍 놀단 그 젊은이

* 무싱걸: 무엇을.
* ᄒᆞ욤신곤: 하고 있는가 하고.
* 보난에: 보니까.
* 거저부처ᄒᆞ게: 일정한 곳이 없이. 아무데나.
* 야갤 ᄀᆞ들거리멍: 목아지/목을 가닥거리면서.
* 히죽히죽ᄒᆞ당은에: 히죽히죽하다가는.
* 중은중은ᄒᆞ당은에: 중얼중얼하다가는.
* 이왁 ᄒᆞ욤신곤: 이야기하고 있는가 하고.
* 귀쥉 들으난에: 귀기울여서 들으니까.
* 그지게: 그저께.
* 종지윷도: 종지에 담고 던지며 노는 윷도.
* 넉동배기도 ᄒᆞ멍: 넉동내기도. 넉동배기=넉둥배기/넉독배기/넉둑배기. ※'넉동배기, 넉동내기'는 윷놀이판에 말[馬]을 쓰며 승부를 겨루는 전통 윷놀이.

아니 웅매 뭉생이* 어럭송애기 탕*

돌가닥돌가닥 돌려낫인디*

누게라라마는,* 애삭흔 그 일름 튼내사 홀 건디"*

이시겡이 잇당은에*

"둘러씨움광,* 굴레사니광,* 담 튀엉 퀴어들멍*

집가지* 아래 몰마농꼿도* 신 신은 냥 흘문댕이지와불곡,*

집도 매딱* 불케와 불곡

*웅매 뭉생이: 수망아지. 웅마망아지.

*어럭송애기 탕: 얼룩송아지 타고서.

*돌가닥돌가닥 돌려낫인디: 달가닥달가닥 달렸었는데.

*누게라라마는: 누구더라마는.

*튼내사 홀 건디: 생각해 내야 할 것인데. 떠올려야 할 것인데.

*이시겡이 잇당은에: 이슥히/이슥히 있다가.

*둘러씨움광: 뒤집어씌움과.

*굴레사니광: 아가리질과. 악다구니와.

*담 튀엉 퀴어들멍: 담장을 뛰고 뛰어들면서.

*집가지: 처마.

*몰마농꼿도: 수선화(水仙花)도, 상사화(相思花)도.

*흘문댕이지와불곡: 겉껍질을 뭉그러뜨려 버리고.

*매딱 불캐와 불곡: 모두 불태워 버리고.

버버작작ᄒᆞ는* 것덜광

게므르사* ᄒᆞ곤 살아보잰 ᄒᆞ단* 죽을 코에 들어불언"*

'중은중은

히죽히죽'

"갈 적인 '날 ᄃᆞ랑 갑샌'* 굳잰 ᄒᆞ단 보난에*

거씬* 고쩌사* 불언, 불급시리 가불언*

나영 버데 가민* 무신 숭시 남네깡"* 중은중은

*버버작작ᄒᆞ는: 버버직직하는. 떠벌떠벌하는.
*게므로사: 그런들. 그러한들.
*ᄒᆞ곤 살아보잰 ᄒᆞ단: 아무려나 살아보자고 하다가. 모쪼록 살아보려고 하다가.
*죽을 코에 들어불언: 죽을 올가미에 들어버려서.
*날 ᄃᆞ랑 갑샌: 나를 데리고 가십사고.
*굳잰 ᄒᆞ단 보난에: 말하자고 하다가 보니까.
*거씬: 얼른.
*고쩌사 불언: 비껴서 버려서.
*불급시리 가불언: 급하게 가버려서.
*나영 버데 가민: 나하고 함께 가면.
*무신 숭시 남네깡: 무슨 흉사 납니까.

매픔도 매픔광* 붕당붕당* 노다시력 노다시력*

젊은 날엔 상댕이 꼿 닮아난* 순분이

멘상을 보난에* 소롬ᄒᆞᆫ 양지에* 판찍ᄒᆞ엿단* 눗바닥엔

저자락* 와자자ᄒᆞᆫ* 주구럭에

ᄑᆞ리춤에* 지미에* 검버섯만 대작대작* 눈도 몬 멜라지곡*

*매픔도 매픔광: 슬픔도 슬픔과.

*붕당붕당: 꿍얼꿍얼. 웅절웅절. 무엇이 못마땅해서 불평할 때 내는 소리.

*노다시력 노다시력: 되뇌었다가 되뇌었다가. 말했다가 말했다가.

*상댕이 꼿 닮아난: 상당히 꽃 닮았던.

*멘상을 보난에: 면상을 보니까.

*소롬ᄒᆞᆫ 양지에: 갸름한 얼굴에.

*판찍ᄒᆞ엿단 눗바닥엔: 말끔하였던 낯바닥에는.

*저자락: '저렇게'의 힘준말.

*와자자ᄒᆞᆫ 주구럭에: 복작복작한 쭈그렁이에.

*ᄑᆞ리춤에: 주근깨에.

*지미에: 기미에.

*대작대작: 다닥다닥.

*몬 멜라지곡: 모두 망가지고.

꽝은* 믄 뭉글안* 허리아울라* ᄉ뭇 굽언마씸*
꼿 닮아난* 순분이 비바릿적인*
봄드르에 가민 인동고장 타멍* 숭키구덕* ᄀ득여가멍*
는댁이* 익은 산탈* 훌터 탕* 먹어가멍

*꽝은: 뼈는.
*믄 뭉글안: 모두 망가져서.
*허리아울라: 허리마저.
*ᄉ뭇 굽언마씸: 사뭇 굽었습니다.
*꼿 닮아난: 꽃 닮았던.
*비바릿적인: 처녓적에는.
*인동고장 타멍: 인동꽃 따면서.
*숭키구덕: 채소바구니.
*ᄀ득여가멍: 가득여가면서.
*는댁이: 는적하게. 흐믈흐믈하게.
*산탈: 산딸기.
*훌터 탕: 계속 따서. 자꾸 따서.

삼동이엉*, 볼래영* 익엉* 낭 알에* 털어진 올맬 봉강* 들구 봉창 더레도*

빵빵ᄒ게 담아가멍

"오런 스망*, 오런 스망 또시 시카*"ᄒ단 그 순분이

안올래, 진올래칩* 시채 아덜광*

구덕혼ᄉᄒ* 스이란에*

* 삼동이엉: 상동 열매하고.
* 볼래영: 보리수 열매하고.
* 익엉: 익어서.
* 낭 알에: 나무 아래에.
* 올맬 봉강: 열매를 주워서.
* 봉그다: 줍다.
* 들구 봉창더레도: 자꾸 호주머니로도.
* 오런 스망: 요런 재수.
* 또시 시카: 또 있을까.
* 안올래 진올래칩: 안골목/안오래 긴 골목집/긴 오랫집.
* 시채 아덜광: 세째 아들과.
* 구덕혼ᄉᄒ: 요람기 때 정한 혼인을 한. 어릴 때부터 약정한 혼사를 한.
* 스이란에: 사이라서/사이어서.

절온을 ᄒᆞᆫ난에*

ᄇᆞ듯이 입구입ᄒᆞ멍도*

뱅으랭이*, 뱅삭뱅삭* 웃임광 사불사불ᄒᆞ게*

동네 큰일 궂은 일 박ᄒᆞᆫ 일도

'흑흑*' 잘ᄒᆞ단 순분이

밧담에엄에* 몰쿠실낭* 우티선 재열덜 놀랠* 짓불럼신디*

검질 짓곡 골 진 밧딘* 일ᄒᆞ당 우는 애기 안앙 내싼 젓 물리멍*

*절온을 ᄒᆞᆫ난에: 결혼을 하니까/하니까니.
*ᄇᆞ듯이 입구입ᄒᆞ멍도: 바듯이 입에 풀칠하면서도.
*뱅으랭이: 방긋이.
*뱅삭뱅삭: 방긋방긋.
*사불사불ᄒᆞᆫ: 서근서근한. 서글서글한.
*흑흑: 확확. 무슨 일을 지체 없이 즉시즉시 하는 모양.
*밧담이엄에: 밭담가에.
*몰쿠실낭 우티선: 멀구슬나무 위에서는.
*재열덜 놀랠: 매미들 노래를.
*짓불럼신디: 짓부르고 있는데. 마구 부르고 있는데.
*검질 짓곡 골 진 밧딘: 김/풀 우거지고 고랑 긴 밭에는.
*내싼 젓 물리멍: 넘쳐 흘리는 젖을 물리면서.

수믓 눈물이 그랑그랑

봄만 돌아와도

돌아상* 비새* 울듯 울단 그 순분이

가심* 허우틀으멍 가심 바수단 순분이

이상망상혼 수삼수탤 만난* 그 더을에

이상망상혼 넉난* 할망 뒈언

질곳디* 디딤돌에 앚안

"예점 와둠서* 날 추구린 게* 날 홀린 게?

그 일름 튼내사* 홀 건디"

*돌아상: 돌아서서.
*비새: 비가 오거나 오려고 할 때 우는 새.
*가심 허우틀으멍: 가슴 쥐어뜯으면서.
*수삼수탤 만난: 사삼사태를 만나서.
*넉난: 넋이 나간.
*질곳디: 길가에.
*예점 와둠서: 잠시 와 있으면서.
*날 추구린 게: 나를 부추긴/꼬인 것이.
*튼내사: 기억해내야. 생각해내야.

히죽히죽

중은중은ᄒ당은에 "풍패쳐불언 호렝이질광"

손지메느리가 소개누비저구리* ᄋ젼 완* 입져가멍

"할마님 할마님 우리집이 강 돗궤기국에* 밥먹게마씀게*" 굴아가난*,

애애 물만 둥당*, 어지림탕쉬광* 고재 벗어짐도* 두루서끔광

거려밀리멍* "지그뭇지* 폭낭 알더레 강 발 쫑끄랭이 페왕*

* 소개누비저구리: 솜누비저고리.
* ᄋ젼 완: 가지고 와서.
* 돗궤기국에: 돼지고기국에.
* 밥먹게마씀게: 밥먹자구요. 밥먹읍시다요네.
* 굴아가난: 말해가니까.
* 물만 둥당: 물만 흥건.
* 어지림탕쉬광: 얼러댐과. 마지못해 참여해서 얼르는 것을 비꼬는 말.
* 고재벗어짐도: 실없음도.
* 거려밀리멍: 떠밀면서. 떠밀치면서.
* 지그뭇지: 지긋이.
* 발 쫑끄랭이 페왕: 발을 쭉 펴서. '쫑끄랭이'는 '쭉'의 힘준말.

51

애깃구덕* 흥그는* 시늉 ㅎ여가멍
물애길* 도댁여주는* 시늉을 ㅎ여가멍
우리 애기 잘도 잔다
우는 애긴 달래사 ㅎ곡
배고픈 애긴 멕여사 ㅎ곡
돈젯 듬뿍 멕엿이난*
돈꿈 듬뿍 꾸엄시냐*
분시엇인* 우리 애긴
공븰* ㄱ리쳐사 홀 건디

*애깃구덕 흥그는: 요람을 흔드는.
*흥글다/흔글다: 흔들다.
*물애길: 어린아기를.
*도댁여주는: 도닥여주는.
*돈젯 듬뿍 멕엿이난: 단젖 담뿍 먹였으니.
*꾸엄시냐: 꾸고 있느냐.
*분시엇인: 분수없는.
*공븰: 공부를.

"아이고 우리 아으덜 고팡더레* 곱져불라게*"

"입 줌줌* 입 속솜* 입 뻥긋ㅎ민 산군덜* 왕 심어간다*"

ᄉ뭇 국을 뒈쓰느녜게*

자랑 자랑 자랑 웡이자랑

하늘님 ᄒ다ᄒ다* 궂은 일만 엇게꾸리* ᄒᄋ줍서

돌도 몬 구물곡* 해도 몬 구물언 선두룩ᄒ욥신디*

* 고팡더레: 고방(庫房)으로. 광으로.
* 곱져불라게: 숨겨버려라야. 곱지다:숨기다.
* 줌 줌: =속솜. 잠잠.
* 속솜: =줌줌. 잠잠.
* 산군덜: 산군(山軍)들. ※ '산군'은 사삼사태를 긍정적으로 보는 민중들의 용어고,
  부정적으로 보는 시각으로는 '산폭도(山暴徒)'라고 했음.
* 왕 심어간다: 와서 잡아간다.
* 국을 뒈쓰느녜게: 판을 떠들썩하게 한다네.
* ᄒ다ᄒ다: 제발. 다시 없기를 간절히 바라는 뜻.
* 엇게꾸리 ᄒᄋ줍서: 없게끔/없도록 하여주십시오.
* 돌도 몬 구물곡: 달도 다 그물고.
* 선두룩ᄒ욥신디: 서늘해지고 있는데.

느네 아방은 무싱거에 들언* 판씨름햄신디사*
돈 하영 벌잰 푸껌싱가원*
자랑자랑 – 웡이자랑
동네 사름덜은 가멍오멍* 야갤* 그닥거리멍
흔ᄆ디썩* 굴암수다*

"저용 중정엇어도*"

*무싱거에 들언: 무엇에 들어서.
*판씨름햄신디사: 파묻쳐 있는지. 열중하고 있는지.
*푸껌싱가원.: 부대끼고 있는가. '원'은 '있는가'를 덧나게 붙는 첨사(添辭).
*가멍오멍: 가면서오면서. 가며오며.
*야갤: 고개를. 모가지를. 목을.
*흔ᄆ디썩: 한마다씩.
*굴암수다: 말하고 있습니다.
*저용 중정엇어도: 저렇게 멋쩍어도.

"어잉간이* 질긴게 기리움이어게
기리움은 쉐심추룩* 질긴 거랏구낭아*"

그 스시렐* 넘어가단 훅싱덜 멧 멩쏙*
거씬 할마님 즈굿더레*
느런이* 뱅동글락ᄒ게* 에우싸멍

♬외로운 대지의 깃발 흩날리는 이녁의 땅
어둠살 뚫고 피어난 피에 젖은 유채꽃이여
검붉은 저녁 햇살에 꽃잎 시들어도
살 흐르는 세월에 그 향기 더욱 진하리

*어잉간이: 어지간이.
*쉐심추룩: 소심줄처럼.
*질긴 거랏구낭아: 질긴 거였구나야.
*그 스시렐: 그 근처를.
*훅싱덜 멧 멩쏙: 학생들 몇 명씩.
*즈굿더레: 곁으로.
*느런이: 느런히. 나란히.
*뱅동글락ᄒ게 에우싸멍: 동그랗게 에워싸면서.

아! 반역의 세월이여!

아! 통곡의 세월이여!

아! 잠들지 않는 남도여 ♫

매양 고와나신디 순분인

"머식게라* 무사 이 와재김이라게

멀껑케* 울러두드림광*" 상뒤 메우잰*

예수로 허위어가쟁* ᄒ멍 부비씰멍*

"마기 마기 마기*" ᄒ당은에 비밋비밋ᄒ여가멍*

♫아 - 좀들지 안ᄒ는 남도여

한락산이여 ♫

*머식게라: =메께라. 무엇이 부정적이거나 긍정적일 때 내는 감탄사.
*멀껑케: 멀쩡히. 아무 이유 없이.
*울러두드림광: 외쳐댐과.
*상뒤 메우잰: 상두꾼 모으자고/모으려고.
*허위어가쟁 ᄒ멍: 엉구어가자고/엉구어가려고 하면서.
*부비씰멍: 비벼대면서.
*마기 마기 마기: 그랬으면. 그랬으면. 그랬으면.
*비밋비밋ᄒ여가멍: 미적미적하여 가면서.

♫아 – 좀들지 안흐는 남도여

한락산이여♫ 혹싱덜 그 놀랫소리

좃아져가난* 추물락ᄒ멍*

중치멕현*

눈 질끔 곱아둠서

그 놀랜 몬 듣단 순분이 할마님은 두령청이*

"이녁이랑* 돌으카부우꿰게*

이녁이랑 곱으카부우꿰게" 웨울러가난*

* 좇(좃)아져 가난: 잦아져 가니.
* 추물락ᄒ멍: 깜짝 놀라면서.
* 중치맥현: 의식/셈이 막혀서.
* 두령청이: 갑자기. 뜬금없이.
* 이녁이랑: 자기는/자기랑.
* 돌으카부우꿰게: 뛰지 그랬습니다요. 뛸 것 아닙니까요.
* 웨울러가난: 외쳐가니까.

혹생덜이 "할마님 이루후제 기리운 사람덜 몬 만나집네다"

"게민 큰 오라방, 삼춘, 아이고 우리 아방 어멍, 웨삼춘,

우리 동네 삼춘덜 강 만난댄 누게가 경 굴안?"

"하늘님이 쉐 엇인 사름덜 다 강 만낭 혼정엇이 주미나게 살거랜

마씸"

"그거 춤말이라? 마기, 마기, 마기!"

동네어귀 늙은 폭낭 우티 생이덜도 토련토련*

폭낭아울라 흔디 들언*

그 부럭시에* 궹이진* 덩체기에 굽은 등 페와가난*

*생이덜토 토련토련: 새들도 두리번두리번.

*흔디 들언: 같이 들어서.

*부럭시에: 굵기에.

*궹이진: 옹이진.

*덩체기에: 둥치에. 밑동에.

*페와가난: 펴가니.

가쟁이엔 뎅가리엔* 언 날쌔에* 실데기단* 섭생기덜도*
흥글흥글ㅎ욥수다*게

서녁 알착 펜* 물ㅁ르더레* 납조록이* 기어들단 ㅈ냑해도*
제벨이* 주춤주춤ㅎ욥서마씀*

* 뎅가리엔: 줄기에는.
* 언 날쌔에: 추운 날씨에.
* 실데기단: 스치다가. 비벼대다가.
* 섭생기덜도: 섶들도. 잎사귀들도.
* 흥글흥글ㅎ욥수다: 흔들흔들하고 있습니다.
* 서녁 알착 펜: 서녁 아래쪽 편.
* 물ㅁ르더레: 물마루로.
* 납조록이: 납작스름이.
* ㅈ냑해도: 저녁해도.
* 제벨이: 특별히. 유별히.
* 주춤주춤ㅎ욥서마씀: 멈칫멈칫 머뭇거리고 있습니다.

소삼에 애기구덕 흥글멍

두린 손지
오좀 쌍 갈착ᄒ게 추진 옷 트멍으로
미룩이 나온 고치 톤아당 먹는 시늉ᄒ민
톤아당 주웩이 주는 시늉에
이 가심에 불이나 끼와지곡
밧디 가멍도 애기구덕 지영 강
큰 낭 굴메진디 놓앙
낭께기 꺾엉 오그령 세와그네
그 우터레 포데기 더꺼가멍
자랑자랑 왕이자랑
왕굴이 귀헌 우리 애기 잘도 잔다
우영팟디 넙ᄂ물 크듯
혼저크라 혼저크라
앚진 물황 너른 전답
느신디 물려주마
두린 손지 서당에 강
선싱 욮이 앚아둠서
하늘천 따지 검을현 누를황

글 읽는 소리에
이 가심에 불이나 끼와지곡
왕굳이 귀헌 우리 애기 잘도 잔다
대문 엇곡 도둑 엇곡 동녕바치 엇인 고향땅에
"새 사름덜은 미움 잇이민 안되느녜
새 사름덜은 싸움ᄒ민 안되느녜"
벵디에 풀꼿덜도 고운 꼿 피와 보젠
비ᄇᆞ름도 춤암시녜
오뉴월 ᄌᆞ작벳도 죽도록 춤암시녜
새 사름덜은 서로서로 궤삼봉ᄒᆞ멍 살아사 ᄒᆞ느녜
자랑자랑 왕이자랑
왕굳이 귀헌 우리 애기 잘도 잔다
하늘님이시여
다시랑 혼날 일 넉날 일 엇게꾸리
그늘 놔 주십서
불쌍ᄒᆞᆫ 인생덜신디 자비를 베풀어 주십서
쉐막에 밧갈쉐도
송애기 쏠쏠 ᄂᆞ리씰멍

눈물 속닥 ᄒᆞ여신디
문뚱에 나팔꼿도 생이덜도
눈물 숙닥 ᄒᆞ여신디
ᄉᆞ삼에 씨어멍 메느리가 홀어멍 들언
창문 베옥이 올아난
애기구덕 잘도 흥글어서마씸

제주의 섬을 찾아서

- 오승국 시인의 글 중에서

자랑자랑 우리애기
잘도 잔다 우리애기

강남가는 제비는
가 갸 거 겨 고 교 요
궂은비 줄줄 맞어
구 규 그 기 과 거 라
자랑자랑 우리애기
잘도 잔다 자랑자랑

날 저문날 가을산길
나 냐 너 녀 노 뇨 요
눈물로 넘은 고개
누 뉴 느 니 놔 눠 라
자랑자랑 우리애기
잘도 잔다 자랑자랑

둘 솟아 은파연월

다 댜 더 뎌 도 됴 요
두둥실 배를 띄워
두 듀 드 디 돠 둬 라
자랑자랑 우리애기
잘도 잔다 자랑자랑

락수ㄴ려 눈 녹아
라 랴 러 려 로 료 요
루랑의 임 생각은
루 류 르 리 롸 뤄 라
자랑자랑 우리 애기
잘도 잔다 자랑자랑

붉은 돌밤 바다가

마 먀 머 며 모 묘 요

물새는 엄마 촟아

무 뮤 므 니 뫄 뭐 라 ……

별 헤이는 집

오늘밤 달 어찌 여윈 듯 야윈 듯
윤동주 시인의 헤이던 별들 애처로운 듯
윤 시인의 슬프면서도 감미로우면서도
비극적인 생애처럼 절절해서
반딧불들도 얼른 날아와 불 더 밝히나 봐요

소삼에 떠난 삼만여 청춘들
우리 가족 친척, 동네분들 보고픔 접기 어려워
어릴적 우잣담 직산훈 사다리에 올라가 별을 헤이며
하늘을 바라보면
우주만물을 지으신 절대자께서는 시 자체인 것 같아
윤 시인의 별 헤이는 부분에
별아 어찌하랴
이 찬란함마저 가져볼 수 없다면
나는 무엇으로 가난하랴
별 하나에 어머니 어머니
이 부분만 읽어본 사람들은
"옳직 옳직"

죄없이 죽어간 분들 앞엔

눈부신 승리를!!! 하늘에서 허락하신다니

그때 한라산 앞자리에 꽃으로 단장한 아늑한 한옥을 짓고

별 헤이는 집이란 간판을 먼 문간에 걸어놓으면

세계사람들 불세나게 모여들 겝니다

"윤 시인께서 그때 제주도로 오실래요?"

스삼 북세통에

상처 입은 제주
상처 입은 여인덜 중에서도
총알이 놀아완 양지에 툭이 놀아나부난
툭 엇인 양질 수건으로 감싸안앙
방안에서만 살단 세월
그 진 세월
위로홀 질 엇언
아 반역의 세월이여
아 통곡의 세월이여
아 좀들지 못ᄒ는 할락산이여
안치환 작사 작곡 그 놀렐 자꼬자꼬 불러집네다
우리 그디 강 성통명 ᄒ여가멍
언주와 안앙 ᄒ디덜 살아보게마씀
죄 엇이 죽임 당흔 사름덜
죄 엇이 상처 입은 사름덜
'의로운 자들은 땅을 차지하고 거기서 영원히 살 것이다'(시편 37.
29말씀)
하늘님 말씀이라마씀

제2부

브름 이왁

제줏땅 봄뱅듸

하늘은 드리넘넘

제벨히 말깡ᄒ곡

운애에 ᄋ남 돔속ᄒ민 벳ᄀ랭인 좁숙좁숙

제주 할락산이 거느린 삼백예순ᄋ둡개 오름골마다

피 흘치는 아픔이 이실 줄이야

산생이덜도 닝끼리멍 울단 ᄉ삼

그 봄 어랑지단 꿩마농 난시덜도 설움젭단 ᄉ삼

어ᄀ라 나온 건 제주 하늘에 둥근 해 나오멍싸라

ᄂ씬ᄇ름 숭싯ᄇ름 끈히 좁제와주곡

밤낮으로 용수와 화해와 ᄉ랑의 제주 뒈길

이름 없는 풀꼿덜도 ᄂ리씰멍 어름쓸단 할락산이여

진진ᄒ 장지레기 세월에

동마ᄇ름이 선들선들 불어와가민

얼언 송송 곳인 땅 헤씨멍 죽으리로 나온 어진어진 들풀덜

볼고롱ᄒ 양지에 나올나올

저자락 푸리롱으로 ᄀ들거리는 미여지 뱅듸엔

내노왕 풀 튿는 황쉐, 얼룩쉐, 둔쉐

조랑몰, 어럭송애기, 웅매, 조매ᄆ생이, 금싱ᄆ생이덜

노루 식솔덜도 한걸ᄒ곡

이낭저낭이서 생이덜은 오망삭삭

똥소레긴 퍼달퍼달 놀곡

돌담 우틔 가냐긴 '까옥' ᄒ민

춤생이덜도 "ᄌᄌᄌᄌ" ᄒ곡

꿩은 푸드득 푸드득

꿩빙애긴 ᄑ롱ᄑ롱

봄 볏살에 ᄌ글른 눈 베롱ᄒ 애기 풀꽂덜

오시록이 분단장ᄒ 쓴부르개 식솔덜

믄덜 모도록이 산디산 냥

나비덜을 지들렴신ᄀ라

"게메, 어디광 어디"

남방 남색 부전나비도 노랑나비, 흰나비, 호랑나비

청띠제비나비도 제주왕나비도 부체춤 추며 덩실덩실

제줏땅 풀꽂덜을 보자 엉구우멍 귀태우멍

그렇군 "어둠이 빛을 이길 수 없다"는 하늘의 말씀이니

무자년 수삼에 희생뒈신 삼만여분덜 가심에 묵은 이름표 떼어내고

당당한 새 평화의 이름표 달아드렸으니

고운 동백꼿덜도 고개를 ᄀ들ᄀ들

ᄀ ᄀ ᄀ 코삿흔 삐죽생이가 동네방네 상뒤 메우는 소리 "삐쭉 삐쭉"

생이덜은 토련토련

아고양 수믓 지꺼진 풀꼿덜도

어의에 눈빛으로 통ᄒ는ᄀ라

♬던대 던대 던대야 짝짝궁 짝짝궁♬

얼언 움칠ᄒ단 분시 몰른 애기 꼿덜도

입뿌리가 아공 아공

♬던대 던대 던대야 좀매 좀매야♬

♬곤지 곤지 곤지야♬

쏘왁 쏘왁 가시 소웽이 꼿이랑 고붓ᄒ용 이시라

ᄋ골ᄋ골 베리싸단 베체기 꼿이 ♬도리 도리 도리야♬

♬좀매 좀매 좀매야 던대 던대 던대야♬

하따가라, 저 훕세 욕은실게 보라게 뱅으랭이멍 둘쎅임광

여간내기덜 아니여

노랑나비 흰나비덜도

굴매 돌려가멍 ♬덩개 덩개 덩개 덩개 덩개야♬ 선제춤 추어가멍

"어느 세계서 배와샤"

이제 곧 강남이서 제비생이덜도 놀아왕
만화방창 홀로구낭게
저 보주기 풀꼿덜
베세기 웃임광 둑지가 둘싹둘싹 게난 코삿ㅎ연 홍 돈꽘서덜

제줏 삼춘덜 ~
타리거성ㅎ용 온 외방 삼춘덜이영
버데덜 가근ㅎ게 의논족족ㅎ멍 소상아상 문 인사리뒈영
살아가는 땅
♬어기두리 더럼마 둥개 둥개 둥개야♬
♬으까 으까 으까야
섬매 섬매 섬매야♬
우리 제주 삼춘덜도 둑지가 얼싸덜싸여
오마! 봄벳에 눈 즈글란
굿사사 눈 베롱히 트단 돌담 우틔
인동고장덜이 어가겁절에 눈 팰롱 트멍
양질 쑥 내밀멍
"양 양게 이듸가 어듸우꽈?"

욮이 지레 큰 낭우틔 삐죽생이가 "삐죽 삐죽"
이딘 대한민국 최남단 멘 막끝깽이 "백조일손읫 땅 제주도여"
어의에 온뱅뒤가 '수시미악'ᄒ멍
풀꼿덜도 고갤 ᄀ댁이멍 '고붓' '속곡'ᄒ는디
백록담에 솟단 새물 물줄기 치솟구완
전에 엇이 저자락 흥글 흥글
ᄀ르삭삭 ᄀ르삭삭 삐여지멍
아~ 항애 상고지 황고지!
아닐케라 미두훈 할락산이
운애 걷어내어가멍 군수잇인 입을 올안
하늘이 외왕 이루후제 발복홀 땅
펭화의 섬
언어의 보물섬
"백조일손읫 제줏땅 도민덜이여"
"어부바 어부애"
아~ 줄쭈런이 울려퍼지는 평화의 뒈울랭이로―
아~ 느런이 뒈돌아오는 평화의 뒈울렝이로―

(어부바 어부애: 업어줄게, 업어보자)

(백조일손: 백 명의 할아버지 밑에 손자가 한 명.
서로 다른 조상이 한날 한시 한곳에서 죽어 뼈가 엉기어 하나가 됐
으니 후손들은 이제 모두 한 자손. 4·3때 그만큼 많은 사람이 죽었
다는 뜻.

백조일손 지묘는 4·3 유적지 섯알오름에 있음.)

제주 땅 봄 들판에

(표준어)

하늘은 높고도 청청한데

유난히 하늘은 맑고

짙고 옅은 안개 앞세운 아지랑이 졸음겹고

제주 한라산이 거느린 삼백예순여덟개 오름골마다

피 흘리는 아픔이 있을 줄이야

산새들도 흐느끼며 울던 사삼

그 봄 파란 달래냉이 씀바귀들도 설움겹던 사삼

서둘러 나온 건 제주 하늘에 둥근 해 나오자마자

쎈 바람, 흉사바람, 곤히 잠재워주고

밤낮으로 용서와 화해와 사랑의 제주 되길

이름없는 풀꽃들도 다독이며 어루만져주던 한라산이여

긴 긴 세월에

봄바람이 선들선들 불어오면

언 땅 뚫고 필사적으로 나온 어린 풀꽃들

발그레한 얼굴에 나울나울

저토록 푸르름으로 하늘거리는 넓은 들판엔

풀어놓아 풀 뜯는 황소, 얼룩소, 둔소들

조랑말, 얼룩송아지, 망아지, 조매망아지, 금싱망아지들

노루 식구들도 한가롭고

이 나무 저 나무에서 새들은 짹짹짹짹

똥소레기는 퍼덜퍼덜 놀고

돌담 위에 까마귀는 "까악" 하면

참새들도 "짹짹짹짹" 하고

꿩은 푸드덕 푸드덕

꿩 병아리는 포롱포롱

봄 햇살에 부신 눈 지그시 감은 아기풀꽃들

아늑한 데 모여선 분단장한 민들레 식구들

모두들 오손도손 모여 선 채로

나비들을 기다리나봐

그러게, 거리가 멀텐데

남방 남색 부전나비도 노랑나비, 흰나비, 호랑나비

청띠제비나비도 제주왕나비도 부채춤 추며 덩실덩실

제주땅 풀꽃들을 보자 얼싸안으며 귓속말로

그렇군 "어둠이 빛을 이길 수 없다"는 하늘의 말씀이니

무자년 사삼에 희생되신 삼만여분들 가슴에 묵은 이름표 떼어내고

당당한 새 평화의 이름표 달아드렸으니

고운 동백꽃들도 고개를 끄덕끄덕

흡족한 종달새가 동네방네 사람들 부르는 소리 "삐쭉 삐쭉"

새들은 도란도란

아이고 사뭇 기쁜 풀꽃들도

어느새 풀꽃들도 눈빛으로 통하는지

♬짝짝궁 짝짝궁 마니마니 마니야♬

추워 움찔하던 철없는 아기꽃들도 입술 달싹거리며

♬짝짝궁 짝짝궁 마니마니 마니야♬

쏘왁 쏘왁 가시엉겅퀴랑 얌전히 있거라

오골오골 피어나는 베체기꽃은 ♬마니마니 마니야♬

하따가라 저 재롱떠는 것들 좀 봐 발그스레한 뺨에

여간내기들 아니야

어쩜 노랑나비 흰나비들도

번갈아가며 덩실 덩실 덩실 부채춤 추어가며

어느 나라에서 배웠니

이제 곧 강남에서 제비들도 날아와

만화방창하겠네

저기 좀 보라구 풀꽃들

베시시 웃음에 어깨는 들썩들썩 흐뭇한 흥 돋우네

제주 삼촌들~
외지에서 이사온 삼촌들이랑
벗하며 의논하며 오손도손 모두 이웃되어 살아가는 땅
♬어기두리 더럼마 둥개 둥개 둥개야♬
♬으까 으까 으까야 섬매 섬매 섬매야♬
우리 제주 삼촌들도 어깨가 얼싸덜싸야
봄볕에 눈부셔 지금에야 눈 겨우 뜨던
인동꽃이 살짝 돌담 위로 얼굴을 '쏙' 내밀며
"여보세요, 여기가 어디인가요?"
옆에 키큰 나무 위에 종달새가 "삐쭉 삐쭉"
여기는 대한민국 최남단 맨 끝 백조일손윗 땅 제주도야
그러자 온 들판이 잠시 조용해지고
풀꽃들도 꽃잎 오므리며 고갤 숙이는데
백록담에 솟던 새 물 물줄기 치솟더니
사방팔방으로 흩뿌려지며
아~ 무지개 무지개 쌍무지개 뜹니다

믿음직스런 한라산이 안개 걷어내며
무게있는 입을 열어
하늘이 기억하여 후에 발복할 땅
평화의 섬
언어의 보물섬
"백조일손윗 제주땅 도민들이여"
"어부바 어부애"
아~ 줄쭈런이 울려퍼지는 평화의 메아리로―
아~ 느런이 되돌아오는 평화의 뒈울렝이로―

(어부바 어부애: 업어줄게, 업어보자)

자랑스런 제주도

이듸 한반도
최남단
물로 뱅뱅 돌롸진 섬
외로움 머문 섬 언어에 보물섬
탐라라 제주도
할락산 수시엔
뜬금 엇이 뿌영훈 안개
제주도 통채로 흥그는 건
ᄇᆞ름 ᄇᆞ름
그 ᄇᆞ름이 닥달에도 버티멍 살아온 우리 선조덜
동네 어귀엔
촐각 촐각 ᄀᆞ세소리
엿장시 넘어가는 소리
가름 질에선 아으덜 노는 소리
저 산뒤에 ꥬ박ꥬ박 ᄒᆞ는 거 무싱것고
미삐젱이여
미삐젱이 흰다
히민 하르방

서당이선 아으덜 글 읽는 소리

하늘천, 따지, 검을현, 누르황,

울담 넘엉 애기 재우는 소리

혼착 발로 애기구덕 흥글어 가멍 탕건 줄곡, 맹건 뜨멍,

바농질도 ᄒ여가멍 일 출리단 그 시절

좀녜어멍 애기 낭 예실례 만이 부신 몸에 물에 들엉 혼머들 두머들

호이 호이 숨비소리 동세벡이 조반 먹엉 동고랑 차롱에 보리밥 담앙

뒌장 메왕 지여ᄋ정 감주 펭에 물 질엉 들러ᄋ정 밧듸 가민

지신 검질 들라일라 언지읍곡 천상쿨, 쉐비늠, 제완지 뽈휜 질검도 질김광

밥차롱엔 게염지덜 뭬와들엉 바글바글 얼레기 챙빗질 홀 새 엇이

헌옷도 줍곡 맨네씨도 벨르곡 불치도 지영 오줌허벅 지영 밧더레 돈곡

검질메멍 역들젠 ᄒ난 ᄀ레골멍 역들젠 ᄒ난

갈중적삼에 주럭 나던 그 시절

부모와 조부모를 잘 모신 효부 순손을 비롯ᄒ연 절부의부가 100여명이나 나오랏고 정조땐 최고에 명의 진국태, 풍수에 달인 고홍진,

주역에 통달ᄒ 유학자 문영후, 중국인도 놀란 빼어난 풍채에 양유성, 조선 궁궐에 수호자 천하장사 오찰방, 해학과 익살에 달인 변인태, 김만일, 그 외에도 자기 분야 최고의 능력과 타고난 재능을 꼿 피완 감탄과 경의 혜택을 베푼 분덜이우다.

역사에도 보민 제주 여ᄌ덜도 좋은 일 하영 ᄒ여서마씀

장덕 귀금 영 ᄒ 분덜은 의술의 특출ᄒ연 아픈 사람덜을 잘 고쳐 주난 서울 장안서도 이름난 제주 여ᄌ라마씀.

또 신축민란땐 굶언 죽어가는 사름덜을 울언 앞장 산 성문을 연 만성춘 모녀가 싯고 또 신문고를 두드린 곤생이영 대정읍 안성리엔 ᄆ을을 울언 토지를 내 놓은 수월이라는 분이 싯고, 또 낭군을 울언 희생ᄒ 홍윤애의 슬픈 사랑 이왁도 싯고, 김만덕 할마님이사 아니 ᄀ라도 싀상이 다 아는 의원입주마는, 정조 16년에 시작ᄒ연 4년동안 계속된 숭년으로 도민덜이 수천명씩 굶언 죽어갈 적에 천금의 큰 돈을 내어 난 육지에서 쑬을 막 사단 도민덜들 멕연 살린 의인입주. 이제 사라봉에 제주특별자치도 기념으로 제 64호로 만덕할마님 비석을 세완 그 공을 기리고 이십주.

관청 할마님을 보민 일제강점기에 남자덜이 억울ᄒ게 주제소에 끌려가불민 그 식솔덜 잘 돌보멍 관청엘 ᄌ짓커련 댕기단 할마님이우다.

구술 할마님은 성읍리 무실에 궂인 일덜 잘 풀리게 돌아댕기단 할마님이고, 또 허물, 부시럼, 이발충, 도리버즘, 군버즘, 두두레기도 나민 손 보멍 잘 낫게 해주단 허물할마님이 싯고 또 넉들이는 넉할마님이 싯고 일제 때는 강평국, 최정숙, 고수선 영 혼 분덜은 목이 터지렌 만셀 불르멍 심져간 고문 당ᄒ멍 독립운동가, 여성운동가로, 교육자로, 후진 양성에 매진 ᄒ엿던 분덜이우다.

그 외에도 많은 여ᄌ덜이 헌신을 헷고, 맷 헤 전엔 열다ᄉ 술 난 고보련양이 친구가 조류에 휩쓸련 하우적 거렴시난 바당에 튀어들언 친귀를 뭍으로 밀어내어둰 이녁은 기진ᄒ연 죽어가십주.

이제 함덕해수욕장 언덕 잔디밧듸 하늘을 향ᄒ연 올라가는 층거리를 형상화 혼 원통형 석조물이 세와젼 한한혼 사름덜은 가멍오멍 발걸음을 멈추고 가심을 시렷ᄒ게 헴수다. 나라에서 내리는 의사자 증서 "제 244호"엔 새겨놔십주.

우리 제주에는 열녀도 하곡 효녀도 하곡 줍녜도 하곡 그 공이사 이루 말 홀 수 이시쿠과.

혼꼿지단 제주도
이젠 어딜 내어놔도 부작함이 엇인
벨천지 관광명소가 뒈언

웨방 사름덜 하영 귀경 오람신디

성산일출봉에 해 봉긋 솟아오민

흔저옵서 흔저옵서

베리싸진 유채꼿이 앞이 나상 인사ᄒ곡

박박 얼근 돌하르방도 흔듸 들엉 덩삭ᄒ곡

초ᄋ름엔 건드렁 ᄒ 놉ᄇ름에

듬삭ᄒ 자리물회 쿠싱ᄒ 자리젓 맛

ᄀ실들민 고운단풍 귀경 오곡

밧담마다 감귤 익엉 지랑지랑

폭삭 실류 저실엔 동백 고장 붉은 ᄆ심

한락산엔 엄부랑ᄒ 눈도 볼만ᄒ곡

ᄒ끗지단 제주도가 관광멩소가 뒈연

게나제나

이젠 세계 사름덜 '눈 쓰왕' 붸레는 땅

웨방 사름덜 '욱' 들러주는 땅

꼿꼿으로 출린 초근진 제줏땅엔

제주섬 ᄆ딱 돌담덜이 꾸물락거리는 걸 닮댕 ᄒ멍

밧담 지럭시가 3만 5천여 킬로미터나 뒘잰 ᄒ곡

잘 다와진 돌담덜은 흔디덜 직산ᄒᆞ둠서 쉣ᄑᆞ름 불멍
ᄌᆞ연광 ᄒᆞ나가 뒈영 뽄도 좋음광
돌담덜은 세계중요농업유산으로 1914년에 선정뒈곡
제주 화산섬과 용암동굴도
2007년에 유네스코 세계자연유산으로 등재,
제주 좀녜덜은 2016년에 유네스코 무형문화유산으로 등재뒈연
우리 제주를 푼푼ᄒᆞ게 맹글아 감수다
제주에 보물인 우리 제주어
만여개를 글로 쓸 수 있는 한글에다
제주어를 섞어놓으면 못 쓸 글이 엇덴마씀.
이런 제주어는 변두리어나 사투리가 아니고
제주는 옛날에 탐라국으로서 이미 삼한시대부터
오랫동안 독립국가로 존립하여 오는 가운데,
독특한 생활습관과 나름대로의 언어가 형성뒈엿젠 ᄒᆞ는 것입주.
그리고 제주어는 'ㅇ, ㄴ'을 쓰면서 말에 군더더기를 덜레곡
짧게 하는 특징이 매력적인 언어입니다.
지금 학자들도 제주어는 의태어나 의성어의 미적 감각이라든지
뉘앙스들이 유별나서 다른 지방어에 비교할 바가 아니라는 것

입주.

　이런 제주어가 소멸위기 언어로 유네스코에 등록되었습니다.

　제주어가 사라진다면 제주의 정체성도 사라지게 뒈여시난

　제주어에는 제주인의 전통과 문화가 녹아이신디

　앞으로 전통과 문화를 발전시키며 맨들아가쟁ᄒ민

　우리가 다른 지방어를 빌려다 쓸 수는 엇인 일이주마씀게.

　예부터 전해져 오는 전설, 설화, 민요, 농요, 민담 등등

　이런 구비 문학은 어떵 살아남겟수과.

　한라산, 성산일출봉, 검은오름, 용암동굴계가 세계자연유산이라.

　관광자원이 늬귀가 구짝ᄒ 제주도

　좋은 박물관도 짓어 노안 전설, 설화, 신화, 역사, 풍습덜을 보멍
좋은 공연덜도 흔진녜 올암서마씀.

　이젠 제주문학관도 문을 올아시난

　세계적인 글쟁이덜도 하영 나오라사

　노벨 문학상 ᄀ심덜도 하영 나오길 빌엄수다.

　벨덜도 봉무는 가심 쓸쓸 ᄂ리씰곡

　한락산에 노루덜도 오름오름 풀꽂덜도

　생이덜도 흔디들언 웃임벨탁 ᄒ염서마씀

3관왕 제주

세계 7대 자연경관

세계자연유산 등재

세계지질공원 인증

밧담, 돌담, 세계농업유산등재

줌녜덜도 유네스코 무형문화유산에 구짝ᄒ게 올랏젠마씀

세계에서도 일름 난 땅인디

이루후제도 착ᄒ사름 선ᄒ사름 큰사름덜이 하영 나오길 빌엄

수다.

식상 사름덜 들구 춫앙 귀경 오는

늬귀가 구짝ᄒ 우리 제주

우리 제주얼 건저내영 유네스코에 세계기록유산으로 등재ᄒᆢᆼ 후

손덜신디 제주어 보전회원덜도 오고생이 물려주어사 홀꺼난

제주어 에염에 ᄋᆢᆼ 둥사둠서

많은 분덜이 도마탕 ᄌᆞ진걸음치는 거라마씀

언어의 보물섬

할마님!
무사 경 좆인걸음치멍 댕겸수과?
문 곶인 똣똣흔 구들에서 ᄒ쏠 쉽서
기여마는 우리 한글이사 세계에서도 질로 유명ᄒ난
유네스코에 세계기록유산으로 등재뒈엿주마는
제주언 음운이 오고생이 가냥뒌
아래아(·) 접아래아(‥)
한글 소곱더레 골로로 서끄민 못 쓸 글이 못 굴을 말이
엇댕 ᄒ는 ᅌ ᅲᆼ 제벨이 유달른 말이곡 글인디
자연의 소리 하간 생이덜 소리도
짐승덜 소리도 ᄇ름소리도 물소리도 천둥 소리도
못 ᄀᆮ곡 못 쓸 글이 엇냉ᄒ느녜
이 시상이서 질로 제벨흔 우리 제줏말은
희귀 고문자옝 ᄒ느녜
우리 제주어는 사투리나 변두리어가 아닌뎅 ᄒ느녜
느네덜이 씨질 안ᄒᅌ노난
유네스코에 제주어가 소멜위기 언어로 등록뒈엿쟁
ᄌ들곡대곡만훌 게 아니주

제줏말은 유울멍 소들소들 가불아 가는디
생완덜도 몬 모다들엉 말로 골으멍 글로 씨멍 ᄒ욥서사
제주언 생길 뒈촛앙 새순 돋곡 동이 못앙
고장 베리씨곡 올매가 ᄋ물곡 ᄋ물 못앙 씨전종훌 거난
제주 어른덜광 제주어보전회원덜은 제주어를 살려내엉
유네스코에 세계기록유산으로 등재시키젠 심쓰는디

우리 제주는 옛날의 탐라국으로써 이미 삼한시대부터
오랫동안 독립국가로 존립하여 내려오는 가운데 독특한 생활습
관과
나름대로의 언어가 형성되어 온 거난 제주의 특이한 습관과 전통,
향토적 근성과 더불어 살아온 언어로써 가치를 가진다는 것이주
경ᄒ난 섬이란 악조건 때문에 언어교류가 지연되어
유행에 따르지 못한 탓에
지금도 고어를 사용하고 있는 탓에 촌스럽게 여기지만 오히려
제주는 자랑스러운 언어의 보물섬이라 ᄒ는 것이주게
"아 기꽈~? 게난 할마님 세계유네스코는 무싱거 ᄒ는 디우꽈?"
국제연합교육과학기구(유네스코)가 체택한 세계문화 및 자연유

산 보호 협약에 따라 지정한 유산을 인류 전체를 위해 보호되어야
할 보편적 가치가 있다고 인정하여 유네스코 일람표에 등록한 문화
제도, 문화유산, 자연유산, 복합유산으로 분류하고 있다는 것이주

느네덜도 ᄒ다 ᄒ다
대음말앙
간세말앙
뭉케지 말앙
히밀해밀 시지부지 ᄒ지말앙
해심상 ᄒ영 한만이 네기지 말앙
ᄇ지런히 공빌 하영 ᄒ영
요세 ᄌ들아지는 소멸 위기 우리 제주어를 살리는 일에 힘을 써
사주
서울 한강 작가가 노벨문학상도 타시녜!
제주 수삼에 아픈 사연도 써낫댄 헴시녜!
제주에서도 노벨문학상도 타사 제주가 시리시리 홀거 아니!
제주에서 글쟁이덜 각 분야에서 하영 나올 줄 알암서~

예 할마님~ 우리가 작심헴수다

경 조들지 마십서

자랑스런 한글광 제주어

세종대왕께서 만드신 한글은 만여 개의 말을 글로 씰 수 이시난
세계에서 질로 우수ᄒ연
세계기록유산으로 유네스코에 등재뒈여신디
우리 제주어는 희귀 고문자로 우리 한글에 섞어놓으민
못 곧곡 못 씰 글이 엇넹ᄒ주
자연의 소리, 뭇 짐승소리, 생이소리덜, ᄇ름소리, 물소리, 천둥
소리,
번개치는 소리, 못 곧곡 못 씰 글이 엇뎅ᄒ는 글
정말 자랑시러운 우리 제주어가 소멸위기 언어로 유네스코에 등
록뒈어시난
우리 젊은 생완덜이영 느나엇이 ᄆ덜 제주어 조롬에 둥삼서사 훌
거쥬
제주어 느도 나도 씨멍 애끼민
아래아(·), 접아래아(··)도 과짝ᄒ게 허리패왕
세계 돌을레기 심벡 대회에서
일등은 따논 당상
경ᄒ민 우리 제주어도 세계기록유산으로 유네스코에 등재뒈영
얼매나 우리 제주가 자랑시럽곡 유명ᄒ게 될 거우꽈

그땔랑 제주어의 날로 정ㅎ영 잔치마당

ㅎ바탕 벌려봐시민 얼마나 좋으쿠광?

웨방손님덜 앞이 한복 입곡 분볼른 여청네덜이 앞이

쪼작ㅎ게 나상 우리 제주도 음식 맛 봥 가십서덜양

"샌 밴오, 곤니찌와, 니 하오, 씬 짜오,

Hello, nice to meet you"

오널은 제주어의 날이난 그냥 대접헴수다양

베지근ㅎ것, 듬삭ㅎ것, 등거운것, 늘크랑ㅎ것, 들크릉ㅎ것,

찝지근ㅎ것, 맵지랑ㅎ것, 칼칼씬것, 씽ㅎ것, 둘코롱ㅎ것,

둘미용ㅎ것, 겍겍ㅎ것, 세금세금ㅎ것, 쯔락쯔락ㅎ것,

닉닉흔것, 컬컬흔것, 씁쓰룽흔것, 텁텁흔것, 덥부랑흔것,
콰흔것, 툽툽흔것
시원흔 자리물회 흔사발 먹어봅서덜양
가심이 시원흡네다
우리나라 좋은나라 하늘님이 보호하시는 나라
"웨방손님덜, 또시 왕, 빵, 강, 우알력 집터레덜
도시려 줍서덜양"

돌하르방 걷는 말

넘은 오백년 어간엔
대정현 정의현을
굽갈르젠* ᄒ난
성문 앞이 직ᄒ연 산 이섯주
각 ᄆ실 어귀에도 산듸 산 이섯주
사름덜은 나 일름을
우석목, 장군석, 돌영감, 벅수머리, 돌하르방이엔 불럿주
싀상 벤ᄒ연
우리 제주가 벨천지 관광멩소가 뒈연
요글렌 '돌하르방' ᄒ민 제별ᄒ는*걸
눗 몰르곡 말 몰라도
웨방 손님덜신디
덕게눈 부릅떵 인ᄉ만 잘 ᄒ민 뒈는 걸
봄나민 유체꼿이 ᄒ디 나상 인ᄉᄒ곡

*굽갈르젠: 경계를 그으려, 몫을 나누려.
*제별ᄒ는: 유명한, 유별난, 특별한.

96

ᄋᆞ름나민 웅젤*덜 눌아 왕 벙거지 우틔서 늡닥거리곡*

ᄀᆞ실엔 감귤 하영 익어가민

둘쏙둘쏙 둑지춤*도 추고프곡

비앵기가 연착뒈는 수이엔 꾸박꾸박 ᄌᆞ곡ᄌᆞᆷ도 자멍

저실엔 궤양 출령* 나산 눈사름광 ᄒᆞᆫ디

웨방손님덜 모상*

매날매날 사진치멍 입바위 해삭ᄒᆞ멍

훼훤ᄒᆞᆫ 싀상* 살암신 걸

용 늙어도 웨방손님덜한틔

나보단 인스 하영 받은 사름 잇이민

이레 ᄒᆞᆫ쓸 나와보심덜

*웅젤: 잠자리.
*늡닥거리다: 잘난척 무턱대고 날아다니다.
*둑지춤: 어깨춤.
*ᄌᆞ곡ᄌᆞᆷ: 잠깐 자는 잠.
*궤양 출령: 곱게 차리고, 얌전히 차리고.
*모상: 모시고.
*훼훤ᄒᆞᆫ 싀상: 좋은 세상, 밝은 세상.

사름은 우알에 부텽 인ᄉ성이 좋아사 ᄒ메
사름덜 부아지건
머릴 ᄭᄈᆞᆨᄒ멍
손 흥글멍 인ᄉᆞᆯ 잘 ᄒ염서사
우리 제주가 세계이서도 시리시리* 홀컨 걸
ᄋᆞᆫ말로* 잘 단탁ᄒ염신 걸~

*시리시리: 세력과시, 힘자랑, 기세등등.
* ᄋᆞᆫ말로: 정말로.

ᄇ름 이왁

우리 제주땅은 바당 가운디 솟은 섬이난

삼ᄉ방이서 불어드는 ᄇ름덜이 으지홀 디가 엇이난

할락산만 찌영 돌곡

초가지붕덜만 씰멍 울담 고망덜 들엉낙들엉낙

돌담덜은 으지암지 서로덜 ᄃᆞᆫᄃᆞᆫ히 직산ᄒᆞ멍덜

ᄌᆞ정 이시멍덜 ᄇ름 부는데도 고망 고망 숨을 쉬멍

큰 ᄇ름 불어와 가민 고망덜은 벌룽 벌룽 대판 난리국을 뒈씨곡

우린 두린 때 욯칩이 식게날은 담고망으로 것냄살을 술술 보내주곡

일뢧장이 간 우리 할마님 풀떡 상 오람신가

훌긋훌긋 담고망으로 ᄄᆞ신 ᄇ름도 나 양지를 씰어주곡

물질 간 우리 어머님 오람신가

눈 쓰앙 ᄇ래단 버룽버룽 담고망으론

굴매덜만 끼룩 끼룩 보아지곡

우리 어머님 보리 타작 ᄒᆞ는 날은

고마운 ᄇ름 돌려왕 ᄀᆞ스락을 불려 가민

담고망덜은 '칵 칵' '펄룽 펄룽'

우친ᄇ름 ᄀᆞ찬ᄇ름 ᄂᆞ씬ᄇ름 돌려왕

숭시ᄇ름 잡퉁이ᄇ름덜 여중감중이서 떠둥거렴시민

냅다 내삐여불곡

ᄇᆞ름 일름덜도 설남은 가지가 더 뒌뎅 헙네다

벌룽벌룽 담고망덜은 숨고망 삶고망이렌 헤십주

우리 옛ᄌᆞ상덜이 제별ᄒᆞᆫ 궁냥이라십주

올랫담*, 울담*, 우영팟담*, 축담*, 눌굽돌*, 밧담*

어귓담, 성담, 잣담*, 상잣담, 중잣담, 하잣담*,

웨담*, 고랑창담*, 접담*, 산담*

*올랫담: 오랫담. 골목담.

*울담: 울타릿담.

*우영팟담: 텃밭담.

*축담: 벽담.

*눌굽돌: 가릿굽돌.

*밧담: 밭담.

*잣담: 성담. ※ 예전에 방목하는 마소가 산속이나 외딴 곳으로 벗어나지 못하게
   쌓았던 돌담.

*상잣담, 중잣담, 하잣담: '상(上)잣담'은 한라산 기슭에 싼 담. '중(中)잣담'은 목장
   중간에 싼 담. '하(下)잣담'은 목장 밑을 농지(農地)로 나가지 못하게 싼 담.

*웨담: 돌을 한 덩이씩 한 줄로 쌓은 담.

*고랑창담: 골창에 쌓은 담.

*접담: 겹으로 쌓은 담. 웨담↔접담.

*산담: 무덤을 사방으로 둘러쌓은 담.

성담엔 환애장성*, 원담덜이 이선*덜

요근랜 섬 문딱* 돌담덜이 꾸물락거리는* 걸 닮댕 ᄒ멍*

흑룡만리성이렌덜 불럼수다*

제주 돌담덜은 세계농업유산으로 유네스코에 등재뒈여십주

밧담 지럭시가* 3만5천여 킬로미터나 뒘잰 허난*

이 돌담덜은 제주풍광을 뷔와주는 거난*

주연광 ᄒ나가 뒈엉 뽄도 좀광*

* 환애장성(環海長城): 환해장성. 바닷가에 왜구를 막기 위해 쌓은 성담. ※ 현재 성
  산읍 온평리와 신산리 해안에 일부 복원돼 있는 것이 대표적임.
* 원담덜이 이선: 고기를 잡기 위해 바닷가에 둘러놓은 담들이 있어서.
* 문딱: 모두.
* 꾸물락거리는 걸: 꾸물거리는 것을.
* 닮댕 ᄒ멍: 닮다고 하면서.
* 흑룡만리성이렌덜 불럼수다: 흑룡만리성이라고들 부르고 있습니다.
* 지럭시가: 길이가.
* 뒘잰 허난: 되고 있으니, 된다고 하니.
* 뷔와주는 거난: 보이어주는/뵈어주는 것이니.
* 뒈엉 뽄도 좀광: 되어서 본/본새도 좋음과.

제3부

♀따 으싯이 봐졈수다양

인생덜

ᄌᆞ듦이 ᄋᆢ산 보는 중은 알멍덜

기리움은 무사 쿰음광
ᄉᆞ랑은 무사 베리쌈광

무산, 무사라게

후손덜 ᄏᆞᆨ순 벌리듯 벌어저사 ᄒᆞᆯ 거 아닌가게

에개개!
지천인 풀꽃덜도 벳 쒜우멍 방읏방읏

하따가라!
어디광 어디
ᄂᆞᆯ아오는 나비덜은 코삿ᄒᆞ멍 덩삭덩삭

게나제나!
나도 혼디 들엉 굽은 즌등일 늘롸가멍
덩개춤이라도 추어보카양

하도나 곱닥훈 고장덜아

ᄋ글레 우리집 ᄉ답줄*에 놀아온 생이덜
제벨히 "ᄌᄌᄌᄌ 재재재재" 와잭이는* 소리
아멩ᄒᄋ도 시상 하근디*서 일어나는
ᄌ들아지는* 일덜광*
이거 돌림벵* 이왁이 족족훈* 일이 아니라노난에
도시림*이 어인간 ᄒᄋ실 거라게
ᄒ긴 생이덜 놀래소린 천 릴 간맹 ᄒ는디
난 ᄋ즈금에 궂인 이왁덜이랑근에*
고장*덜신딘 곱지젠* ᄒ단 보난에

* ᄉ답줄: 빨랫줄.
* 와잭이는: 떠들어대는, 지껄이는.
* 하근디: 여러 곳.
* ᄌ들아지는: 걱정되는.
* 일덜광: 일들이랑.
* 돌림벵: 전염병, 역병.
* 족족훈: 작은 일.
* 도시림: 남이 한 말을 다른 사람에게 그대로 전하는 것.
* 궂인 이왁덜이랑근에: 좋지 못한 이야기들이랑은.
* 고장: 꽃.
* 곱지젠: 숨기려고.

그 얼매나 금착*ᄒ명 추물락*ᄒᄋ실 거라게

경ᄒ난* ᄋ센 ᄉᄆᆺ ᄉ들ᄉ들* ᄂ릇ᄂ릇* 유울엄구낭아*

밤이옌 줌인덜 자시랴

줌이옌 꿈인덜 꾸어시랴

시상* 절세미인도 울명 갈 만큼 눈에 훤훤ᄒ단

고장덜아

엉탁* ᄒ 번 쿰은 일 엇인 고장덜아

시알* ᄒ 번 쿰은 일 엇인 고장덜아

걸칠 옷 ᄒ 벌 탐ᄒ 일 엇인 고장덜아

*금착: 덜컥.

*추물락: 깜짝 놀라는 꼴.

*경ᄒ난: 그래서.

*ᄉ들ᄉ들: 온힘이 빠져버리는 꼴.

*ᄂ릇ᄂ릇: 힘이 풀려 나가는 꼴.

*유울엄구낭아: 힘이 빠져 말라버리는구나.

*시상: 세상.

*엉탁: 욕심.

*시알: 시기, 질투.

하도나 곱닥흔* 고장덜아
"만물덜은 하늘 말씀 잘 흡수ᄒ는디
유독 사름덜은 흡수를 안ᄒ난
세계가 궂인* 일만 생기는 겁주
전쟁 같은 슬픈 일만 생기는 겁주"
꼿덜이 막 애돌앗구나*
곱닥한 고장덜아 미안ᄒ구나

*곱닥흔: 곱고, 고운.
*궂인: 궂은, 좋지 않은.
*애돌앗구나: 삐졌구나.

꼿처룩 살아보심덜

뱅뒤에 풀꼿덜도 쪼지래기 베리씨멍 웃엄신디
누게가 몰랑 발로 볿아도
부애 대토 꼿냄살 풀풀 삐염신게
경ᄒᆞ난 사름덜안티 수랑 하영 받암신 걸

꼿보담 더 곱닥ᄒᆞᆫ 사름덜이
이논 탈 충 몰랑 팡그랭이 대여들멍 웨울럼시관테
아뭇상엇이 것지멍 두투왐시난에
멀껑케 아올아올 소도리 ᄒᆞ욥신게이
눈 벨라가멍 ᄂᆞᆷ 숭틀엄서랜 ᄒᆞ난
ᄒᆞᆫ디덜 갈라사 ᄒᆞᆯ 직시도 이녁만 움찍 앗아불곡
무사덜 ᄂᆞᆷ ᄂᆞ려긋이쟁만 ᄒᆞᆫ는디사
경ᄒᆞ민 뒐로고덜 설르랭 ᄒᆞ당 봐도
누게가 ᄒᆞ랭 당토 안ᄒᆞᆫ 일덜
홉치 안 뒈메 안 뒐 일이주
두루쌍 들러당 몬 데껴불어사 뒈주

꼿보담 더 곱닥ᄒᆞᆫ 우리덜은

109

곱닥흔 말만 굴아보심
스뭇 입바위가 뱅삭뱅삭
눈공저도 두글두글
옥구실을 닮는 걸

꼿보담 더 곱닥흔 사름덜은
고운 심질 꼭기 징여 보순
우리 문덜 꼿처룩 살아보심덜
경흐민 하늘이 에왕 이루후제 낙원 상속헤주신덴 헴신걸

나 흔 받제 엇이

정주석 직산ᄒ연 사둠서
굽은 등에 ᄀᆞ쁜 숨에 임 마줌 나사잰 ᄒᆞ난
이치룩 지팽이가 날 고쩌삼구낭아
지팽이 못 지프민 땅 지펑 기명이라도 가쿠다게

이녁 올티만 동동 지들린 세월도 진진
이젠 작대기 직산흔 굴매도 진진
굴엄사사 홀 기리움은 물만이

게나제나 이 기리움이라근
먼 더레 '쏙' 가랭 밀려불 수가 엇어노난
나비 눌개 줍듯 곱게 줍앙
가심에 폭 쿰어 ᄋᆞ정 가사주

붓 슨 이 땅이서
본디 엇인 일 적관흔 이 늙은이
ᄌᆞ손덜 태어나민
터진 방위 춧앙 태 슬아주단 어른덜

얼뭇얼뭇 튼내지곡

궤양 살당
궤양 가사 홀 건디

우리집 족은 구들 창문똥 눈 바른 디
하영 늙은 폭낭가쟁이가 칮어지게 등겨노난에
ᄀ자도 ᄋ망ᄋ망 메와드는 생이덜 놀래소린
본디 지네 덥덜덜이 멩창이라나신고라
그 목소린 듣기도 경 좋안마씀
그 뽄새 보기도 경 고완마씀
저 고운 목소리로 울음울민 어떵ᄒ린

저 생이덜 즈그뭇ᄒ멍 삼ᄉ방으로 문 놀아나 불민 어떵ᄒ린
먼뒷 생이덜도 넘어가당 쉬멍 놀당 가사 홀건디
생이덜 가심에 수심지와지카부댄
무자년에 칭원홈을 토펠 못ᄒ연 곱전 살암수다, 생이덜신딘

112

ᄒ긴 작산 세월 나 혼차만 아덜손지덜 풀 때도
엉탁치레ᄒ연 앞이 아장 사진치멍 살앗수다
엇 그거
난 그 질찍ᄒᆫ 세월 거저부처ᄒ게 살아졋구낭아
난 더 굴을 나위 엇인 술두루웨로 살아졋구낭아
뜨신 벳살 아래서
어진 둘빛 아래서
만날 천날 쓸만 축내우멍
세판치롱ᄒ게 살아졋수다

꼿-나이 가분 올래엔
저실이 시렷ᄒ게 오랏구나

나 둘신디 ᄒᆫ눈 풀 때 넘어불엇인가?
나 벨신디 ᄒᆫ눈 풀 때 넘어불엇인가? 꼿-나이

게메! 가는 디마다 굴룬말 엇이 날 둘랑 댕기단 둘이
오널은 구미진 디도

구름 트멍 베리씨멍
이 늙은이 우터레 포그랑흔 둘빗
소보록이 ᄂᆞᆮ주엄구낭아
나 흔 받제 엇이

어머님 우리 어머님

ᄀ실벳듸 고치, 콩대, 꿰뭇도 꺼꾸로 들엉 털멍 물류단
우리 어머님
서창훈 놀래 훈자락 "응얼응얼"
"이녁 이녁은 무정도 ᄒ우다
먼 웨방을 가도 훈돌이민 옵네다
강남을 가도 훈두돌이민 옵네다
무싱거에 퍼들언 푸끔이우꽈?
느량 놀랠 불르단 어머님
어머님, 어머님 어릴 적 3·1운동 땐 만세를 웨울르멍 터젼 돈는
성님덜 조롬엘 돌롼 조천만세동산더레 동세벡이 좀절에 속옷만 입
은 냥 울멍불멍 부영케 따이어가난 이왁 골아가멍 우리덜 막 웃어나
십주양
팟삭 언 저실 솟강알에 숨단 불 근어내멍
곱은 손 페와주시단 어머님
구들장에 묻어논 밥사발 앗아내영
보시엔 마농지시 상포 올아주시단 어머님
어릴적 어머님이영 바릇잡이 가민
난 바릇구덕 들렁 뎅기곡 어머님은 골갱이로 톨이영 가시리도 튼곡

115

고망고망 숙대겨가멍 니치름보말, 수두리보말, 메옹이, 코토대기보말,

　　곰셍이, 멩치보말

　　돌트멍 홈푸멍 오분제기도 태어내곡 구젱기, 구살 가시 찔리멍 파내영

　　모살깅이, 돌깅이, 털깅이, 지름깅이, 콩깅이,

　　돔북깅이도 잡곡 군벗도 하영 테곡

　　바릇구덕엔 수두락이 발걸음은 늦돋은 돌에 닝끼리멍 넘어젼 울단 일

　　그때 줌녜덜이 테왁 망사리 올려뒁 불턱에 몬 아장덜

　　검질이나 지들커에 불초멍 몸 녹이는 모습도 눈에 훤허우다

　　제주엔 좀녜덜이 엇인 살림 이성당허곡 큰일을 ᄒ여잦현

　　유네스코 세계무형유산으로 등재 뒈여수꿰게

　　어머님 이듸선 보릿고개엔 갯것이 톨범벅에

　　무릇 숢앙 먹곡 보말도 궤기라랜 바릇잡이 가던 일덜

　　저는 꿈질에서도 흥 못 이견

　　그듸 강 ᄂᆞᆺ 내밀민 덥석덜 손심엉 얼메나 똣똣ᄒᆞ코?

　　생명강가 ᄂᆞ닐멍 생명과실 먹으멍 서러운 일 엇일 거난

116

나 그듸선 "어리광도" 부려보젠
"응석도" 부려보젠
아버님! 어머님!
꿈속에서도 산보가는 전날 밤 아이 뒈영
잠 못 이루는 삼경입니다
아버님, 어머님 낙원 강 꼭 만나게양~

ᄋᆞ따 ᄋᆞᆺ이 봐졈수다양

우알녁집 비바리 둘이서
약조해신디
ᄌᆞ직ᄌᆞ직 보멍 살게이
손흥글멍 –

"우린 ᄀᆞ자이 살안 '셔'구나"
일름도 엇인 들고장처록 제우제우 ᄌᆞ단 생
어릴적 한걸히 놀단 폭낭아래 돌팡에 공고롯이 앚안
두 노인은 숨이 참신ᄀᆞ라 손 불끈 심언 짐짓 하늘러레만 ᄇᆞ래염구나

예배당 종소리에
ᄇᆞ름도로기 돌리멍 ᄏᆞ찡ᄒᆞ게 돌려나신디

웅젤도 둘란 놀아오단 돌담질
공중이도 서창ᄒᆞ게 귀뚤귀뚤

ᄒᆞᆫ 노인이 숨 ᄀᆞ쁜ᄀᆞ라 할강이멍
♬강남을 가도 너끈 잡앙 ᄒᆞᆫ두 둘이민 어ᄀᆞ라 오주기마는

수삼에 불급시리 가분 임은 오지도 안 흐곡
낭입상귀덜만 화르르 화르르 털어졉수다 ♬

흔 노인도 ㄱ쁜 숨 숨져가멍
그 가심 받안 이녁 가심도 예피네
♬이 시상에 숨빡흔 세월은 무사사 와렴신디
가젱이 한한흔 낭귀엔 ㅂ름 잘 날 엇냉흐멍
낭입생기덜만 화르르 화르르 털어지왐수다 ♬

둘인 손 불끈 심은 냥 짐짓 하늘러레만 으식이 ㅂ래염구나

아명흐여도 벨나라 벨밧 수일 ㅂ름도로기 돌리멍
게붑게 둘음재기 흐고픈 생이라양

공중이 소리 좇아져 가는디

"난 혼차 살당 흐저 가젠" ㅁ지직 흐단 세월
좀 버친 줍시근흔 벨덜 든 어간엔

119

새벽 벨덜 큰큰흔 눈엔 눈물 숙닥

그 사름 날 보민 상뒤 메우멍 비비둥둥ᄒ여주카
게뭬! 모오롱흔 시상 흔번 봐지카원
바당에 강 풀따시만흔 물궤기도 낚아오민 베지근 듬삭ᄒᆞ나신디
또시 ᄂᆞ다시려지엄신 걸

여의에
"할마님 할마님" 불르멍 돌려오는 할마님덜 손지
든직허고 우근드룻흔 생완덜
"할마님 할마님" 돌팡더레
등 돌려대멍
"할머니 섬마 으까 정애고개"
두 노인 합죽흔 웃임엔
눗 슴빡 골 짚은 주름만 와자자자

둥근 돌도 넘어가단
폭낭 트멍으로 ᄂᆞ릇보멍 허우덩삭 ᄒᆞ멘양

시치렁ᄒᆞ여가는 초낙 우리 동네 폭낭아래서라마씸

지금에야

지금 마악 튼 둘은 휘영청
벨덜은 오종종종
벨덜이랑 곱을락 ᄒ고프네
어릴적 작지놀이 자글자글
긴 노를 저어 은하수로 가고픈 날덜
벨덜 보멍 서성이며
분홍애기 풀어놓고
날 꼬득이단 그 사름
양 귓불이 경 고와나신디
또시 와 볼 요량으로
날 놔던 간중 알단 보난
ᄉ삼에 더을 먹은 세월도 야윈게지

생이 꿋 보여올수록 후회는 벤벤ᄒ연
이 밤 저 너르닥흔 허천더레
엉탁 퍼내연 훅 ᄒ멍 데껴부난
헉숙
펀펀

게비또롱

옷따 요런 수망게
내가 궤웁단
금도 은도
그까이꺼
까짓것
고까이껏

햇빛이 쬐여 비치는 곳에 가장 먼저 얼음이 운다는데
나 죄송해서 사시나무 떨 듯 웁니다
지금에야 가신 분들 심장소리 들리는데

나 깐에 어사화댁 할마님

오널은 ㅌ팰 ᄒ여사 홀로고
동네 사름덜이 날 웃주는디

어느 해에 누게가 능소화 ᄋ나믄 불휠 두루싼 질 ᄀᆺ더레
데껴분 거옌 내미리단도 봉가단 싱그멍
중은중은 ᄒ여십주
"능소화야 이제부터 느네 일름은 어사화옝 불러주마
옛날에 장원급제ᄒᆫ 사름광 암행어사의
모ᄌ에 꽂은 꼿이라난에 어사화옝 불름도 ᄒᄂ네"

그 말이 통해신ᄀ라
느랏ᄒ엿단도 어의에 생길 뒈춧안 새순 메쪽메쪽 입생기덜 나올나올ᄒ멍
줄기덜은 울담더레 ᄇᄁᆫ 돌롸부트멍
축담더레 기어올르멍덜
지붕웃터레도 올란

웃자란 것덜은 동이 쯔지레기 뭊안 불고롱이 고장 베리싸멍싸라

늣이 짓벌겅케 저 웃임벨탁에

늦자란 것덜은 어가 겁절에 홰둥ㄱ랑케 눈 펠롱 턴 "원 졸탱"

저 웃임 차자기 ㄱ껴가멍덜

어ㄱ라 눌아오는 나비덜을 엉구우멍 속닥속닥 "우린 어사화"옌 귀태웁곡

넘어가단 ㅂ름이 거심손엔 고갤 ㄱ댁이멍

"분쉬엇이 까불레? 우린 어사화여" 으쓱거림광

생이덜만 넘어가도 "장원급제, 암행어사 출두" ㅎ멍덜 경충거림광

"움머가라" 울담 뒷 머덜 웃터레도 아늠차게 올라 앚안

무신 공론에 자작덜 산디사

능소화 웃는 늣 내밀어가민

먼딧 생이덜도 버룩이 떼죽으로 울러드난

원, 보깨는 것덜광

원, 한걸도 훕도

고베시 시민사 말을 안 ㅎ주

너미 괄암서

ᄒ긴 능소화 꼿말이 여즈렌도 ᄒ는디
예펜 쉿만 모다사민 젭시 벌른댕 안 ᄒ는가
"제나게 내불주"
ᄉ뭇 기십제완 들라일라 줄자랑에 살판이 남수꿰게
봅서게
능소화 깐에도 어사화가 뒈여시난 원 그런 ᄉ망
나 깐에도 어사화댁 할마님이 뒈여시난 원 ᄋ런 ᄉ망

우리 제주 생완덜 중엔 심덕 좋고 근수 잇곡 촘진
장원급제 암행어사 ᄭ심이 한한ᄒ연
이루후젠 와랑치랑홀 날이 올 꺼난
암! 오고말고!!
암! 시리시리 ᄒ고말고!!
마기!! 마기!!

게민 날랑그네 어사화 꼿모줄 예피염시카양

세월은 훌터 돋는디

이 야밤에 창문 베옥이 율안 울럿이 아잔 보난
ᄂᆞ럿은 과짝ᄒᆞ곡
보름돌이 굴축이 남서라
벨롱벨롱 벨덜은 복작복작
어귓담 우잣담 웃티 낭섭덜은 오므린 채 떨고 있구나
나 어린 날 본디엇인 ᄉᆞ삼ᄉᆞ탤 만난
오므린 채 울며 얼마나 떨엇던고

아닐케라
어씩ᄒᆞ민 ᄀᆞ자도 ᄉᆞ삼에 떠난 분덜
얼풋얼풋 튼네지곡
ᄉᆞ뭇 애ᄉᆞ로완
이젠 ᄆᆞᆫ 보미곡 헐어분 가심인디도
굴엄서사 홀 기리움만 무륵ᄒᆞᆫ 냥
작산 세월
어춤 그게 무사

이 땅만 버물리당 가졈신가?

햇빛세, 공기세 흔푼 낸적 엇이
곱닥흔 고장덜, 생이 소리덜도 공으로 들엇구나
흠없이 티없이 낮에와 같이 단정하라 하셨는데
난 축웃인 걸바시로 살아졋구낭아
이젠 돌아온 탕자 뒈언 하늘님 앞에
엎드렷나이다
캉캉 몰른 눈엔 쯥지롱흔 똣인 눈물 그랑그랑

어귓담 우잣담 웃티 얼언 오므린 낭 잎생이덜도
하늬ᄇᆞ름에 불렴직 불렴직
탕자로 돌아온 내 일름도 불름직 불름직

언제 홀연히 불러도 낙원
세월은 훌터 돈는디 ―

눈이 엄부랑

눈이 ㄱ르삭삭

생각난다

이녁이영 돌담집 걸을 때 첫눈이 ㄱ르삭삭 삐여졈선게

열아홉 술에 시집가단 날도 눈은 꼿가매 우틔로 복셱이 더꺼주곡

쳇 아덜 낳단 날도 눈은 짓 손아지멍 와려신디

초가삼간 집을 짓언 이사가단 날도 눈은 퍼털퍼털 즈르지곡

쉐막에 송애기 낳단 날도 눈은 바글바글 푸그곡

이녁 엇인 문뚱엔 눈이 ㄱ르삭삭

이젠 캉캉 물른 눈에도 더운 눈물만 핑핑 돌곡

생각난다 그 일름

문뚱에 엄부랑이 데며진 눈에

이녁 일름 석 자 크게 써나 보카

이제도 보고픔은 물만은 ㅎ곡

이녁 엇인 문뚱엔 눈만 엄부랑

이녁 엇인 문뚱엔 눈만 ㄱ르삭삭

늙은이 근황

벨덜은 찌리찌리 꽃이왁 훈창
세월은 샛길로 오랑간가?
주체키 힘든 주름살광 심장의 박동수 느리게
벨빗이 솔솔 새고
ㅂ름이 솔솔 새고
백년해로 하자더니
앞선 이
저 벨처럼 멀고

그적의 달래 냉이 쑥 캐단 내 손등더레
풀꼿 꺾어당 슬짝 놓아주멍 살살 웃던
날 추구리단
이녁 말 폭 고정 들언 보난
ㅅ삼 북새통에 헉숙펀펀
밤세낭 새한숨 쉬단 세월
봄 여름 ㄱ을 저실 멧 번 댕겨간게
늙음 왓고
늙음 넘언

죽음 차례

"쉬여 열중 쉬여"

ㄱ는 귀 막아도 귀 곧추 세왕 "어의 땅" 대기중!

기신 내라

나 조케야 나 조케야
어떵ᄒ난 중정엇이* 젓어 댕겸시니?
어떵ᄒ난 울럿이 먼 산만 봠시니?
어떵ᄒ난 구들에 시랭이 누웡만 이시니?
무신 따문고?
시상이 아명 시렷허곡 을큰ᄒ여도
기신 내라 기신 내라
세월을 애껴사주
어제는 주워담을 수 웃인 것
오늘은 우리에게 주어진 선물이여
얼른 새 ᄆ심으로 기신을 차리세
이 시상엔
울당 울당 지친 사름덜도
살당 살당 버친 사름덜도
기신내멍 살암시녜
사름은 먹어사 사느네

*중정엇이: 중심 못잡아.

뭉케지 말앙* 오몽*ᄒᆞ사

착ᄒᆞ사름 뒈느녜

희엿득*ᄒᆞᆫ 생각덜

훨훨 몬 털어뒁

기신 내라

느네 앞질 천리만리 구만리

넓은 바당에 절 치듯이

느네 앞질은 본본*ᄒᆞᆯ 거난

새 ᄆᆞ심 먹엉 니 즈그물엉*

궂은 일도 베롱ᄒᆞᆫ* 날 부레멍 ᄒᆞ민 살을매 난다* 오몽ᄒᆞ라

초년 고생은 사서라도 ᄒᆞ댕 ᄒᆞ느녜

나 조케야 나 조케야

* 뭉케지말앙: 미적거리지 말고.
* 오몽: 움직임.
* 희엿득 ᄒᆞᆫ: 정신 없는.
* 본본: 잔잔하다.
* 니 즈그물엉: 이를 악물고.
* 베롱ᄒᆞᆫ 날: 조금 밝은 날.
* 살을매 난다: 살 방도가 생긴다.

인싱은 하늘에 돌맷이난*

게나제나*
"재게* 재게 재게" 재축*ᄒᆞ옴구나, 세월은
게메마씀*
인싱*은 어쓱* ᄇᆞ래어지당* 엇어지는
벳ᄀᆞ랭이* 닮댕 ᄒᆞ긴 ᄒᆞ주마는
아으나
청년이나
어른이나
늙은이나
시도때도 엇이

* 돌맷이난: 달아맸으니, 붙맸으니.
* 게나제나: 그러나저러나.
* 재게: 빨리, 어서.
* 재축: 재촉.
* 게메마씀: 그러게요, 그러게 말입니다.
* 인싱: 인생.
* 어쓱: 잠깐, 순간, 깜빡, 얼씬.
* ᄇᆞ래지당: 보이다가.
* 벳ᄀᆞ랭이: 아지랑이.

하늘이 '오랭' 몡령*을 ㄴ리민 저프곡* 우터ㅎ여*마씀게

멀림이나*, 마우뎅*도 홀 수가 엇이난

ㅎ기사 우리 인싱은 하늘에 돌맷이난

ㄷ랑가는* 부름씰* ㅎ는거 닮아마씀, 세월이

가는 질에

더디웨* 뒈카부댄

가는 질에

일 천추ㅎ카부댄*

조롬* ㅎ번 돌아볼 어가도 엇이

* 몡령: 명령.
* 저프다: 두렵다, 무섭다.
* 우터ㅎ여 마씀게: 위험합니다요.
* 멀림이나: 말리거나.
* 마우뎅도: 싫다고도, 거절도.
* ㄷ랑가는: 데리고 가는.
* 부름씨: 심부름.
* 더디웨: 느림보.
* 일 천추ㅎ카부댄: 일 지체될까보다고.
* 조롬 :뒤쪽, 지나온 쪽.

고쩌* 세울 어이도 엇이
"혼저 걸라* 걸라 걸라" 와렴시난*에, 세월은
아멩* 예점 온 인싱이옌 흐주마는
겜불로사* 홈새*가 제볍인 어린 것덜신디도
앞질이 구만리인 청년덜신디도
"확*, 글라* 글라 글라" 다울렴시난에*, 세월은
흐 근* 살아보잰흐는 젊은이덜신디도
"거씬* 가주 가주 가주" 졸라대염시난에*, 세월은

*고쩌 세울 어이도: 옮겨 세울 틈도.
*걸라: 걸어라, 가자.
*와렴시난: 겨를이 없어 바삐 서두르다.
*아멩: 아무리.
*예점: 임시.
*겜불로사: 아무런들, 그렇더라도.
*홈새: 아양, 어리광.
*확: 재빠르게 움직이는 꼴.
*글라: 가자.
*다울렴시난에: 재촉하고 있으니까.
*흐 근 살아보잰: 아무튼 살아보려고.
*거씬: 얼른.
*졸라대염시난에: 졸라대고 있으니까.

수심으로 설추훈* 중늙신네덜신디도

"뭉케지 말앙* 급샌* 급샌 급샌" 보채염구낭아*, 세월은

ᄀ는귀 막곡 줄앙* 목둥이아울라* 직산훈* 이 늙은이신디도

곱은등 페울* 어가도 엇이

"ᄋ뭉흡서*, 발 웽깁서* 갑주 갑주 갑주" 내쿨암구낭아*, 세월은

훔치*, 또신 만날 수 엇임을 몰르는 생이로구낭아, 세월은

계구제구*

* 설추훈: 여위고 초라한.
* 뭉케지 말앙: 미적거리지 말고, 꾸물거리지 말고.
* 급샌: 가십시다고, 갑시다고.
* 보채염구낭아: 보채고 있구나.
* 줄앙: 자그마해서.
* 목둥이아울라: 지팡이마저.
* 직산훈: 의지한.
* 곱은등: 굽은등.
* 페울 어가도 엇이: 펼 사이도 없이, 펼 겨를도 없이.
* ᄋ뭉흡서: 움직이십시오.
* 발 웽깁서: 발 옮기십시오.
* 내쿨암구낭아: 말하고 있구나, 내뱉고 있구나.
* 훔치: 애당초, 아예.
* 계구제구: =게나제나. 그러나저러나.

종애* ᄒᆞᆫ번 쭉 펴왕* 쉬질 못ᄒᆞ는 애설룸*에
오널은 눈짐뱅이영* ᄒᆞ디*
고목진 낭에* 가쟁이만* 흥글멍* 궤우멍* 넘어감서마씀게* 세월은
허기사,
"인싱은 하늘에 둘매시난"

*종애: 종아리, 장딴지.
*쭉 펴왕: 쭉 펴서.
*애설룸: 애달픔, 서러움.
*눈짐뱅이영: 진눈깨비하고.
* ᄒᆞ디: 같이, 함께.
*고목진 낭에: 고목된 나무에.
*가쟁이만: 나뭇가지만.
*흥글멍: 흔들면서.
*궤우멍: 사랑하면서. 아끼면서.
*넘어감서마씀게: 지나가고 있습니다그려.

138

제4부

선달래 고장

진달래꽃

(표준어)

김소월

나 보기가 역겨워

가실 때에는

말없이 고이 보내 드리오리다

영변에 약산

진달래꽃

아름 따다 가실 길에 뿌리오리다

가시는 걸음걸음

놓인 그 꽃을

사뿐히 즈려밟고 가시옵소서

나 보기가 역겨워

가실 때에는

죽어도 아니 눈물 흘리오리다

선달래 고장 1

날 ᄇ레기가 귄닥사니 벗어졍

가불켱 ᄒ민

속솜ᄒ영 궤양 보내드리쿠다

영변에 약산

선달래 고장

ᄒ 아늠 ᄐ다당

가실 질에 선내 선내 ᄈ여드립쥬

웽기는 자죽마다

ᄈ여진 그 고장을

ᄋ곳ᄋ곳 볼르멍 가십센 말이우다

날 ᄇ레기가 귄닥사니 벗어졍

가불켱 ᄒ민

죽어져도 훕치 눈물 아니 흘치젠마씀

*선달래 고장: 진달래꽃.
*전기고장: 전기꽃, 전을 붙여먹는 꽃이라 붙은 이름.

선달래 고장 2

날
레기가 밉성블랑

가불켕 ㅎ민

좀좀ㅎ영 오고생이 보내드립쥬

영변에 약산

선달래 고장

혼 아늠 언주와당

가실 질에 자락자락 케우려 온네쿠다

웽기는 발창마다

널린 그 고장을

흘문뎅이 지지 말게 술술 볼으멍 갑서

날
레기가 밉성블랑

가불켕 ㅎ민

죽어져도 흡치 눈물 아니 좁질젠마씀

선달래 고장 3

날 ᄇ레기가 정 떨어졍

가불켕 ᄒ민

입 지그뭇이 니 꾹 ᄌ그물엉 궤양 보내드립쥬

영변에 약산

선달래 고장

흔 아늠 슴빡 기차당

가실 질에 ᄀ르삭삭 허댁여 불쿠다

웽기는 발창마다

허댁여 진 그 고장을

바락바락 ᄇ르멍 바수지 말앙

발 뒤축 들렁

능락거리지 말멍 가십센 말이우다

날 ᄇ레기가 정 떨어졍

가불켕 ᄒ민

나 부애푸껑 뽕게 뒈싸지난

숨이 ᄀ옷ᄀ옷 ᄒ는디

흠치 눈물이랑 마랑

눈물도 두루 설루와사 흘치는 거라마씀

선달래 고장 4

날 ᄇᆞ레기 무웅ᄒᆞ연 밉댕ᄒᆞᆷ
가불켕 ᄒᆞ민
이녁 우둘럿헌 상판대기렌 안 뛔래멍 보내드립주

할락산 오름 자락에 흐드러진 전기고장
가심 슴빡 꺾어당
가실 질에 두멍두멍 놓으크메

ᄂᆞᆨ착ᄂᆞᆨ착 볼르지 말앙
발창 들렁 둥탕걸음치지 말앙
가십센 말이우다

날 ᄇᆞ레기가 무웅ᄒᆞ연 밉댕ᄒᆞᆷ
가불켕 ᄒᆞ민
게고제고 닌착ᄒᆞᆫ 가심에
ᄀᆞ기멍 울진 안 홀 꺼라마씀

선달래 고장 5

날 부레기가 두루웨서늉광 타박ᄒ멍
가불켕 ᄒ민
이녁 대망진 상판더렌 안붸레멍
보내드립주

할락산 오름자락에 흐드러진 선달래 고장
가심 솜빡 꺾어당
가실 질에 허끄멍 허댁여 놓으크매

발창 들렁 꼰다분ᄒ게
가십센 말이우다

날 부레기가 서늉대기 쪼광 타박ᄒ멍
가불켕 ᄒ민
엇씩ᄒ민 날 부께는 이녁
닌착흔 가심에 마구장장도 홀 수가 없구낭아
게나제나 눈 멜라지게 닝끼리멍
울진 안ᄒ젠마씀

선달래 고장 6

날 부레기가 '불망대기 쪼광' 꾸질먹ᄒ명
가불켕 ᄒ민
이녁 야시라지게 주춥는 서늉 붸레지 안ᄒ명 보내드립주

할락산 벵뒤에 흐드러진 풀꽂덜
가실 질에 뭉탱이로 안아당 놓으크매

꽃다발로 폭 안앙
햇득햇득 세경부레지 말멍 가십센 말이우다

게메 나 눈에 봐도 젊은 예펜이영
눈맞안 조아쌍 코삿ᄒ명 천두룽만두룽
삥삥 부영케 가부는 이녁
이 가심 애삭흔덜 부레기 벗질러아장
배설틀루멍 서창ᄒ게 울진 안ᄒ젠마씀

선달래 고장 7

날 ㅂ레기가 몰맹도짐광 타박ㅎ명
가불켱 ㅎ민

우잣에 호박꼿 꺾어당
가실 질에 놓아 놓으크매

대망진 예팬신디 초롱들렁 가십센 말이우다

전에 봉숭아꼿 꺾어당 백반 뿌려가멍
톡톡 뻐상 나 열 손가락에 처매영
고운 물 들여주던 이녁
이젠 날 ㅁㄷㅁㄷ히 봥 가부는디
난 무사 영 몽케졈신디사
느탈 나탈 홀 게 엇이
그 추억만 쿰엉 존 디젠마씸

선달래 고장 8

날 ᄇ레기가 대망생이 쪼광 타박ᄒ멍
가불켕 ᄒ민

결핏ᄒ민 와달씨멍 ᄇ깨는 통에
슬째기 보내드립주

어릴적 ᄒ시 날 춋앙 댕길 땐
"우리집에 왜 왔니? 왜 왔니?" ᄒ민
ᄐ왁ᄐ왁 거심손ᄒ멍
"순댁인 내꺼, 내꺼"ᄒ멍
비득비득 웃이멍 돌아나단 이녁

나가 궤삼봉을 잘 못헤부난
몽니 부리게 뒈실 텝주
나도 살쳇살렴 설러불게 뒈어십주
선두룩해가는 날씨에 하늘더레만 봠수다

햇님은 가멍싸라

둘님을 보내주곡
둘님은 오멍싸라
벨덜을 ᄃ라아젼 오람구나
벨덜아~ 갈적엔 나 설움도 둘앙 가도라

선달래 고장 9

날 브레기가 초란이 요망피운덴 타박ᄒ멍
가불켱 ᄒ민

삼수방 떠뚱거려 댕김광 주추는 꼴
안 브래멍 궤양 보내드립주

보리밧디 다 익어가는 보리 ᄒ다발
베어당 가실 질에 놓아드리크매

그 보리랑 으시댁이지 말앙 드르싸 안앙 강 불에 확 그을령
대망진 예팬 ᄒ디 호호 비벼가멍
먹읍센 말이우다

날 브레기가 초란이 요망피운덴 타박ᄒ멍
가불켄 ᄒ난 지난날이 생각남수다
진 돌담어귀 돌멍 날 태우레 오는 꼿가매 지들릴 적인
나도 양지에 분 볼르곡 연지곤지 찍어수다
고운 옷 푸숨일카 고비지카 곱게 입언

치매깍 웨우ㄴ다 심어둠서

동동 지들려난 때가 엊그제 닮은디

이젠 발도당퀴멍 뽕개뒈쌍

울진 안ㅎ잰마씀

선달래 고장 10

나 늣에 주근깨가 야게기ㅉ장 볼침엇뎅 타박ᄒ멍
가불켕 ᄒ민
홀 말 엇언 ㄱ벳이 보내드립주

할락산에 흐드러진 철쭉
아늠차게 꺾어당 가실 질에 놓음이랑마랑
날 삐룽이 브레지 말앙 빌린 벨리돈이나
갚아뒁 가십센 말이우다

호강 밋두멍 살암실 테주
나도 백부리멍 살아볼 거난!!!

누겐가?
이 실려운 저실에 대문을 두드련
문걸쉐 율안 보난
아이고 정체광 뚜데옷 걸치고
칼ᄇ름에 몸 부렴직ᄒ연
얼른 기여듭데다

152

굴묵짓언 뜨뜻흔 아랫목더레 앉이난
어떵홉네까 비우치레광 원 원~
이젠 ㄱ진상이사 츌려집네까마는
보리밥 고봉으로 시레기국에 마농지시
밥상 드려놓으난
어가라 입더레 밥드리치는 게 꼭 체홀 거 닮아마씀게
난 삼방에서 난간더레 나산 하늘만 브램수다
"거봐! 거봐!"

옛어른덜 말에도 조강지처 버려뒁 가당은
십리도 못강 발뱅난댄 굴아나서
"거봐! 거봐!"

제주아리랑

하느님이 보호하시는 우리나라 좋기도 좋을세라
할락산은 슬며시 은하를 어름씰곡
해뜨는 일출봉엔 바당도 븐븐이여
호이~ 호이~ 숨비소리
아리랑~ 아리랑~ 아라리요
바당은 깊은 바당 들물도 좋고 썰물도 좋나

먼 하늘에서 무지개 띠를 두른 듯이
고운 새 한 마리가 날아나오네
조롬엔 굴매기 떼지어 끼룩끼룩 소리에
'후렴'을 넣는구나 아~

제주바당 븐븐ᄒ난 물찌때*영 조금때*영 퉤왁망사리 직산ᄒ영
좀녜덜도 수심진체 호오~이 호오~이 숨비소리
좀녜덜이 엇인살렴 이성당ᄒ곡

*물찌때: 썰물 때
*조금때: 밀물 때

154

ᄉ삼땅 밤하늘엔 벨덜도 벨롱벨롱이여
ᄒ질 두질 호이호이 들어가난
호이~ 호이~ 숨비소리
아리랑~ 아리랑~ 아리~ 아리~ 아라리요
끼룩~ 끼룩~ 끼끼이~룩~
머들 이시난 전복 살곡 머들 이시난 궤기덜 놀곡

검질매멍 ᄀ래골멍 수눔일 ᄒ멍
멘네씨도 벨르젠 ᄒ난 감주 빼떼기 맛이나 좋고
ᄌ냥정신 제별ᄒ곡 특진 고개 ᄒ툭 두툭 넘엄시난
미역 좋은 여곳이선 미역새도 둥갈둥갈
외갈매기덜도 바당에서만 놀암서라
호이~ 호이~ 숨비소리
아리랑~ 아리랑~ 아라리요~ 끼이룩~ 끼이룩~

부모와 조부모를 잘 모신 효부손손에 절부의부가 백여명이라
조선에 물테우리 헌마공신 김만일도 이름이 나곡
궁궐의 수호자 천하장사영, 익살의 달인 변인태도 이서낫구나

호이~ 호이~ 숨비소리
아리랑~ 아리랑~ 아라리요~ 끼이룩~ 끼이룩~

장덕과 귀금은 의술이 특출허연 임금님 치통도 치료허난 이름이
나 낫저
갑인숭년 을묘 보릿고개에 탐라백성 살리시니
의녀 만덕님의 탐라사랑 오륜이 바탕이라
탐라의 육만 백성 기아에서 규휼ᄒ니
장하도다— 만덕 할마님
호이~ 호이~ 숨비소리
아리랑~ 아리랑~ 아라리요~ 끼이룩~ 끼이룩~

신축민란땐 굶언 죽어가는 사름덜 울언
신문고를 두드린 곤생이영 수월이가 이서나낫구나
호이~ 호이~ 숨비소리
아리랑~ 아리랑~ 아라리요~ 끼이룩~ 끼이룩~

유배의 땅 문문ᄒ게 보지나 말라

추사의 〈세한도〉도 체통을 지켜나낫구나

낭군을 울엉 정절을 지키며 죽어간

홍윤애 ᄉᆞ랑이왁 가심이 시렷이여

추자 좀녀 제주 좀녀덜도 흔힘이 뒈영

일제 항쟁 수탈에도 눈물고개 한숨고개 넘기멍 존뎌나서라

호이~ 호이~ 숨비소리

아리랑~ 아리랑~ 아라리요~ 끼이룩~ 끼이룩~

뽕게뒈싸지단 바당도 이젠 ᄆᆞ음 푹 놓곡

세계에서도 인정받는 제주가 뒈엄신디

제주바당 주들단 버쳔 부애가 뒈싸지난 이레착 저레착 메다부쳠시곡

저자락 들러퀴엉 웨던 바당

금보다 귀흔 소금을 만들 돌염전도 맹글곡

제주 여ᄌᆞ덜 ᄆᆞᆫᄆᆞᆫᄒᆞ댕 비바리여 냉바리여 내무려도

큰 일덜을 ᄆᆞᆫ ᄒᆞ여잦힌 왕바리가 되어서라

오망오망 족은 섬덜 포부트멍 봉만 들구먹엄시곡

돈줌 자던 큰 머덜덜은 두령청이 눈만 큰큰

ᄉ삼에 뽕개둬씬 파도가 앞이 나상 솔ᄒ염시곡

굴메기덜을 불러 모은다 끼룩~ 끼룩~

제주 ᄌᆞᆷ녜덜은 2016년에 유네스코 무형문화유산으로 등재돼여
나서라

호이~ 호이~ 숨비소리

아리랑~ 아리랑~ 아라리요~ 끼이룩~ 끼이룩~

일제땐 앞장산 만세 부르멍 고문당ᄒ던

강평국, 최정숙, 고수선도 후진양성에 매진ᄒ멍 큰 일을 ᄒ였구나

친구가 바당에 빠젼 허우적 거렴시난

이녁이 바당에 뛰어들언 친굴 살려둰

이녁은 기진ᄒ연 죽어간 열다섯 고보련 양이여

하늘에 별이 되어 영원히 빛나리

호이~ 호이~ 숨비소리

아리랑~ 아리랑~ 아라리요~ 끼이룩~ 끼이룩~ 끼룩~

2024년 세계노벨문학상도 한강 씨가 탓뎬ᄒ난

요런 시상 요런 ᄉ망이어라

제주 수삼에 아픈 사연 한강 작품 <작별하지 않는다>에

써놓으난 한강이 흐르듯 세계로 흐르는구나

수삼에 떠난 님도 돌아나오리 돌아나오리

옛말 글으멍 살게나 뒈엇구낭아

날 놔던 가던 님도 돌아나오리 돌아나오리

호이~ 호이~ 숨비소리가 기도가 뒈엇구낭아

진 한을 풀게 뒈엇구낭아

우리 수상아상 살아나 보세

우리 문덜 가근ᄒ게 흔백년을 살아나 보세

호이~ 호이~ 숨비소리 시가 뒈엇구낭아

아리랑~ 아리랑~ 아라리요~ 끼이룩~ 끼이룩~ 끼끼끼이~룩~

굴매 돌려가멍 합창소리 크게 울려나 퍼지곡

아리랑~ 아리랑~ 아리아리~ 아라리요~

제주아리랑 아라리요~

끼이룩~   끼룩끼룩~   끼이룩~

     끼이룩~   끼끼룩~   끼끼끼이룩~

제주 바당 숨비소리 흔천년은 살아나 보세

고마운 굴매덜도 영원히나 살아보세

아리랑~ 아리랑~ 아리아리~ 아라리요~

제주나 아리랑이요~ 끼룩 끼룩 끼이룩~

아리랑 소리에 수리수심 사라지곡

가신 님덜 돌아나오민 천포가 지고 만포가 진덜

영원히나 살아보세!

아리랑~ 아리랑~ 아라리요~ 제주아리랑~ 끼이룩~ 끼이룩~ 끼이룩~

*아리랑은 어느 민요보다도 우리 민족의 대표적인 민요이고 서민들 삶과 웅얼댐이며 서러움이며 애달픔이 더 짙어가다가도 신나게 풀어내기도 하는 아리랑. 제주아리랑도 있었으면 해서 써봤습니다.

제5부

나 이 땅에 왓당그네

평화의 노다지

가을바람이 설렁이자
기어이 익혀낸 오곡백과가
대견한지 햇살이 덩실거린다

무릎 꿇고 받는 농부들은
연신 하늘 덕분이니

가난한 이들 반
우리들 반

허수아비가 두 팔 벌린 채 하늘을 우러르네
새들도 유창한 목소리로

♪지지배배 조조조조 ♪
♬세상엔
전쟁 끝♬

하늘님은 휘언덩삭*

*휘언덩삭: 찬란한 빛이 비추듯 함박웃음 짓는 모양.

어디 짐작이나 했겠어요

우리 모두는
이 땅에 올 땐
통행료도 없이
왕복표도 없이
유효기간도 없이 와선

우주에 대하여
지구에 대하여
그리움에 대하여

우리 돌아가선
살만한 세상이었다고 자랑하렸는데

어디 짐작이나 했겠어요

떠오르는 달빛에
만물의 그림자들 떠는구나

세찬 비바람 용케도 견뎌낸
고운 꽃들이 반기는데도
눈부릅뜬 저 거리낌 없는 핵무기 소리는
그야말로 누구의 으름장인가요

오마 앞뜰에 할미꽃
내일은 고개들까?
쉿! 기도중

봄은 다시 찾아오고

칼바람이 할퀴고 간 오름자락 마디에도
아직은 싸늘한 볕 쬐며 쪼그리고 앉아 노랑꽃, 흰꽃, 분홍꽃들
피워
서로의 안부를 묻는지 손짓들을 합니다

씨 뿌리던 어머님은 젖 내싸가면 걸음을 재촉하고
나는 아기를 포대기로 업고 동생들 손잡고 걸음을 재촉하고
길가 팽나무 아래서 만나
퉁퉁 부은 젖 물리시며 비새 울듯 울던 어머니
온 밤을 새한숨 쉬며 들러새다 진주알 같은 눈물 왈칵왈칵 베갯닛
적심은
어린 것들 잠 깨울라 때문이었으리

내가 잠못드는 것은
내가 보았던 험한 꼴 숨통 조여오는 꼴들
차마 지울 수 없음에 부대끼당
슬픔으로 꽉 찬 방문 빼꼼이 열어 놓음은
별들에게 호소해 보렴 때문이었습니다

"별님들 욕심없는 별님들!
어찌하여 사람들이 사람을 죽입니까?"
하늘을 주목하는 밤마다 이 몸부림
"나는 여문 꽃씨가 되어 솟구쳐 올라 별님들 곁에서
고운 꽃으로 피고 싶습니다"
서러운 눈물 사이로 조용히 눈감고 얼마나 있었는지?
그때 환하게 웃으시는 아버님 모습
"벨덜은 쭈런히 우실 사십데다게"
희생된 많은 사람들 모습들이 선명케 환하게 웃고 있었고
나는 얼른 어머님을 크게 불렀죠
"아버님이 크게 웃고 있어요. 모든 분들이랑"
"딸아 꿈을 꾸었구나. 잘 자거라, 불쌍한 딸아"

감나무 감꽃이 떨어질 때쯤 감꽃 목걸이 만들어
내 목에 걸어주시고 우린 감도 주시던 아버님
이제 나는 밤마다 감꽃 목걸이를 만드는 꿈을 꿉니다
아버님 목에 감꽃 목걸이 걸어드리고 부끄러움보다는
자지러지게 웃을거에요

"뭐 어때요 어린 딸인걸요 호호"

사람들 울음이 갈피마다 웃음을 끼워주심에
이젠 제가 하늘만 늘 주목하는 까닭입니다

쪼그리고 앉아 핀 꽃들이 애처로워 오늘 다시 하늘을 주목하는 까
닭입니다

오널 아척도 생이덜은 놀래 불르멍
폭낭더레 올락ㄴ력ᄒ는데

동네 사름덜은 이 폭낭을 웽기곡
큰 아파트를 짓는다는 소식에
우리 하르바님은 당췌 안뒌덴 생야단이 나수다
ᄉ삼 만난 집 다 불ᄉ라불곡 우리 식솔덜 ᄆ 죽곡
나도 총알 스치멍 눈 ᄒ 착 잃어불언
제우제우 살안 불칸 집 어떵어떵 흑칠ᄒ멍
이성당ᄒ멍 늙엇주마는
저 폭낭도 불카단 미추만 남안
오글랑대글랑ᄒ 디서 새섭 돋안
이젠 생이덜도 매와들곡 놀랠 헤가민
쓸ᄊ래기도 주곡 모몰 ᄊ래기도 주곡
ᄒ는 재미로 친부쪈 붉는 날이민 놀랠 시작ᄒ곡
하르바님은 우긋 일어산
밤이민 날 좀재와줘덩 좀좀ᄒ멍 자곡
나 죽을 때도 생이덜 놀랠 들으멍 ㄴ롯이 갈 건디
"안뒈메 것사 말이여"
하르바님 캉캉 몰른 눈바위에 눈물만 ᄎ그랑

무실 사름덜도 몬 나완 "어춤 그게 무사"
경 안ᄒ여도 저 알녁 무실에덜은 과짝ᄒ게 올르는 아파트 굴메덜이
과실낭덜을 마구장장 ᄒ요노난에
황사에 구둠에 몬독 제완
한한ᄒ 과실낭덜 올맬 몿지 못ᄒ염덴
어둑엣 ᄇ름 넘어갈 적마다
"우린 체면 구겼그렌" 과실낭덜이
가심 치염덴 헴신디
우리 밧디 귤낭덜도 경 뒐 거 아닌가?
우리 돌랭이에 용시 짓는 것덜은 어떵 뒐 건고
우잣에 송키덜은 어떵ᄒ코게
동네 사름덜은 ᄒ마디씩 즈드는 소릴 허는디
아으덜은 게민 저 벵뒤에 송애기 몽생이 노루덜
풀 뜯으멍 노는 것도 못 봥 어떵ᄒ코양
게메 말이여
어춤 그게 무사
이 노릇을 어떵ᄒ리

170

저 지여가는 주냑 누을을 못 봥 어떵허코게
원원 세만 득득차멍
지여가는 서녁노을만 호정엇이 붸레염수다덜

게메 게메양

해는 뉘엿뉘엿 서산더레 지곡
벨덜은 속다속닥ᄒ당도 와자자자
오널은 초싱돌이 슬짝 눈웃임치난
물에 비치는 굴메만 봐도 곱긴 촘 고운 밤이우다양
저 돌은 쪽돌인디도 온 시상을 비춰곡
하늘님은 ᄒ 몸인디도 온 시상 사름덜을 살렴시난
하늘 해 둘 벨덜 은하 햇빛 공기 서리 이슬 안개 비
바람 구름 물 불 신비ᄒ 운행
둥근 지구에 들물과 썰물의 질서
밤과 낮이 골메돌림광 심효막측
큰 바당광 어족덜
과실낭광
곡식광 채소덜
각종 꼿덜
저 유창ᄒ 생이소리덜
들짐승광 가축덜
각양 식물 보약 묘한 약 성분덜
하간 좋은 것덜이 마직마직ᄒ 땅

용도 고마운 땅 지구를

우리 조상적이 돈 줭 산 땅도 아닌디

사름덜은 이녁네 냥으로 그믓 그서 낳

느땅 나땅 흐멍덜

수믓 트데기 두툼덜광

죽금 살금

높직흔 빌딩덜 아파트덜 짓엉 그 고망고망에

들어강 사는 사름덜

들어강 살고팡 빼 뽈는 사름덜 한한흔디양

빌딩덜 아파트덜을

마직마직이 짓어사홀 거 닮안마씀

한만이 내경 홈불로 넘이 높게 짓어가민 땅이 버청

장석소리 허당 버치민

용심낭 뽕개 뒈싸놓으민

아닐케라 든직흔 산덜도 불을 토해낼 거 닮아마씀

지구엔 바당이 일곱운이곡 땅은 식운이영 흐는디

바당도 성이나민 덕치멍 누뗑이 산 만썩 들러퀴멍

휄풍이나 지진이나 해일 일민

높직훈 빌딩덜 아파트덜 공글공글ᄒ당
아꿋ᄒ민 홈마떵ᄒ리 공글락 욱각ᄒ멍 멜싹ᄒ게 물더레 골아 앚앙
물욷저졍 부릅트멍 해싸져불민 ᄉ로록이 간간무례ᄒ는겁주 뭐
게메 게메양
사름덜도 마직이 우찬ᄒ멍 살아사 훌건디
엉탁징여노난
보태기 덜레기만 ᄒ당보민
남제긴 헉숙펀펀
회멘치레도 허멩이문세
애애 삶은 팡 안터레 들어마씀
게난 이 지구 이 땅 임제어른 성함이나 알안 살암수꽈덜

긴급 뉴스에

"저희 공기들이 전합니다
이산화탄소를 들이마시며
산소를 배출하며
최상급 공기 청정기 역할을 하느라
가장 수고가 많은 온갖 나무들에게
그래도 웃음 잃지 않는 온갖 꽃들에게
미안하기 그지없어도
요즈음 공격해오는 플라스틱 미세먼지 때문에
더 괴로워 어찌할 바 모르겠네요"

어느새 키 큰 나무들은 어깨를 축 늘어뜨린 채
고개만 끄덕끄덕
꽃이란 꽃들은 흐느끼다 흐느끼다
꽃잎 오므려 보지만
밤이라고 잠이 오랴
잠이라고 꿈이 오랴
더더욱 역병의 공격에
전쟁 소리에

총 소리
폭탄에
핵폭탄에
아우성에
오 하느님, 새 하늘 새 땅은 언제쯤 도래하는지요

한바탕 웃던 옛시절

숲에 걸려있던 달이 떠오르자
별들은 염려에 쌓였던지 문 열어 젖히듯 왁자지껄 꺄르르 꺄르르~
이런 밤 양 귓불이 그리 곱던 그 사람 생각에 더 와르르 와르르~
우리 토담 옆으로 무궁화, 분꽃, 맨드라미, 과꽃, 채송화, 나리꽃,
접시꽃, 꽃창포, 쑥부쟁이, 코스모스, 구절초, 수레국화, 봉선화,
수선화,
앵초, 수국, 진달래, 나팔꽃, 동백나무도 심어 놓고 물뿌리개로
물주기 바쁘던 날은 뒤뜰에 핀 들국화까지 담 넘겨 보곤 했었지

유난히 꽃을 좋아하던 그 사름, 원 요련 고운 꽃덜은 누게가 맹글
아시코?
하느님이 세상 만물을 맹그신 분인디 대답허민
"원, 원, ㄱ자도 몰란?" ㄱ ㄱ ㄱ* 해가멍 너털웃임 웃단 그 사름
달맞이 하자고 나를 끌어 웬일?
달맞이 꽃이 활짝 피어있어 깔깔 웃던 그 사름

* ㄱ ㄱ ㄱ: 그래 그래 그래, 맞아 맞아 맞아.

지금 그 곳에 꽃을 가꾸는 정원사 일을 하시나요?
게민 나랑 꽃밧디 검질 메는 일이라도 홀 수 잇게 헤줍서양
나 갈때랑 이녁 뒷심 믿엉 가크매
아~ 한바탕 웃던 옛시절

늙닥지* 눈엔 얼망얼망
살닥지 힘든 날들
떠밀려온 건 늙음뿐
자리젼 누우난
못 놓는 건 자녀들 끈
흥부가 박타는 소리 들리거나 말거나
이웃집 넓은 뜨락 보이거나 말거나
"애애 주물케*"
"신디만디*"

*늙닥지 살닥지 보닥지: 늙을수록, 살수록, 볼수록.
* 주물케: 꿈.
* 신디만디: 있는지 없는지.

178

하늘을 본다

옷따 보닥지

분홍빛 낙원만 영글언

떠돌던 내영 새 힘 솟네

얼떨결에 내뱉은 말 그분께 들켰을까?

마지막 가는 길에 떨려오네

그래도 내 한 몸 의탁하러 당차게

촛임촛임* 공손히 낙원을 촛아갈 거우다

늘이내낭* 둘랑* 댕기단 굴멘* 위안을 받으멍

슬째기 어이에* 어디레 사라질티사

*촛임촛임: 찾아 찾아.
*늘이내낭: 여전히.
*둘랑: 따라다니며.
*굴멘: 그림자는.
*어이에: 곧, 순간에.

조심스럽네

그 밤 창밖 하늬바람에
가랑잎 바스락 소리들
머지않아
산, 산엔
단풍구경 나온 사름덜로
단풍처럼 사름덜로 북적대더니
어느새 첫눈이 펄펄 내리는 틈새 비집고 햇살 한 줌 내리비쳐
넌지시 일러주는 것 같네
"너도 한 잎 낙엽"
아직까진 사랑이니 미련이니 사무침이니
돈에 군침 돌아서
벌 받는 저승은
춤말 몰라신디

눈보라도 내리다 멀리가고
멀리간 그때 사름덜
거친 바람만 제주 산담덜
들엉낙 들엉낙* ᄒᆞ염구나

고운 들꽃덜도 다 시들고
정 두었던 노랑나비, 흰나비, 호랑나비 다 떠났구나
이리 두근거리네 내 가슴이
천사들은 날 감시할 것이고
내 행실 하느님께 보고할 것이니
두근거리네
조심스럽네

*들엉낙 들엉낙: 들락날락.

이전 것으로 사라진다니

질서정연하게 운행 전개되는 우주를 만드신 분께서
숲 울창하는 땅을 주셨나니
"점도 흠도 티 없이 살라시며"
지금 이 땅 사람들은 한숨을 쉬네
할 말을 잃은 채
아— 하늘을 소란케 하는 더 큰 소리가 들립니다
총소리 대포소리 폭격기 핵무기
이 소리들을 잠재울 수는 없겠습니까?
그러게 하늘을 염려케 하더니
바다를 염려케 하더니
방사능 배출에 온갖 쓰레기 오염에
동물들도 염려할 게 없으면야
사자와 어린 양이 함께 놀고
새들 노래에 어린이 웃음소리에 섞여
마을마다 가득 가득 메우겠죠
그럼 새장도 없겠네요
물론 없겠죠
나무들도 염려할 게 없으면

과일 나무들은 최상급 열매를 주렁주렁 달리리니

아름다운 마을마을

시냇물 흐르는 소리

물레방아 돌고 돌고

욕심이 전혀 없는 온유한 사람들

늙음이 병이 죽음이 없는 사람들

모든 인종이 한 가족인 사람들

산성비 빌딩숲 그늘에 가릴 일 없는

꽃들의 그 향기

그럼 철책이 치안이 경찰봉이 없어도 되겠네요

그렇습니다

그럼 자기 집은 있나요

있고말고요 주택난이 이전 것으로 사라진다니

이 눈부시게 아름다운 새 땅으로

평화가 풍부한 새 땅으로

이사야 65장 말씀이

어서 이루어지게 하소서 하느님

오 하느님!

사람이 무엇이관데
어찌하여 해를 띄워 주시는지요
달도 띄워 주시는지요
별들도 띄워 주시는지요
이초록 지구는 우리 조상적에 돈을 지불하여
산 것도 아닌데
어찌하여 우리를 살게 하시는지요
오랫동안 땅을 더렵혀 왔음에도
이 땅을 깨끗하게 하실 때
"알곡을 바스려 뜨리겠느냐
무턱대고 계속 타작하겠느냐"   (이사야 28:128)
하심은 어인 사랑이옵니까
오 하느님
그분의 법을 가슴 깊이 품은 사람들에겐
"풍부한 평화가 있으리니"
그분은 이 산에서 모든 민족을 싸고 있는 수의와
천 덮개를 없앨 것이다.
그분의 죽음을 영원히 삼켜버리실 것이다.

주권자인 주 여호와께서 모든 얼굴에서 눈물을 닦아 주시고
자신의 백성의 치욕을 온 땅에서 치워주실 것이다. (이사야 25:7)
사람이 무엇이기에 염두에 두셨는지요
오 하느님!

낙원 꿈 폭 쿰언

하늘님 웃수*가 엇이난
그분 말씀 폭 고정들언* 곱세기멍*
내 가심에 낙원 꿈 폭 쿰은 냥
흔 시상 돌짝밧을 문 다리멍* 쥐솔튀어난덜*
죽금살금
둥차게*
그 산 냉견
그 물 냉견
그 세월 냉견
ᄋᆞ든 내낭 ᄋᆞᆼ도 빼뽀삼신디
이 내 가심에 숨빡흔* ᄋᆞ 내 꿈

*웃수: 제일 위, 그 이상이 없는.
*고정들언: 곧이 듣고.
*곱세기멍: 되새기며.
*문 다리멍: 다림질하듯이 하면서.
*쥐솔튀어난덜: 다리가 붓고 아픈 것.
*둥 차게: 과감하게.
*숨빡흔: 가득한.

흔방올이라도 세라불엉* 도로록이 털우치와지카부뎬

똘똘 뭉크련 줄끈 줄라메연*
붓끈 옴이염*서마씀
이 시상이서 즈들단* 시절 짓터졍 부영케 돌아나불곡
사름덜 엉탁도 시알도 미움도 눈물도 늙음도 벵도 죽음도
몬 즈자져* 부는
아— 생각할수록 참 좋은 낙원
촘
제라흔
낙원

*세라불엉: 새어나가 뚝 떨어져버리는 꼴.
*뭉크련 줄끈 줄라메연: 뭉쳐서 질끈 묶어서.
*옴이다: 챙기다, 간직하다.
*즈들단: 걱정, 근심하던.
*부영케: 앞이 안 보일 정도로 무작정 뛰는 꼴.
*즈자져부는: 햇빛이나 불에 타들어가며 없어지는 꼴.

둥글둥글 그 곱닥훈 시

이제 모 헤쌍 뵈일 수 엇인 가심 품곡
우리 느나엇이 땅속으로 들어가도
후제 부활되엉 나올 거난
혼저 오란듯이
스랑훈다는 듯이
홍조 띤 놋덜 둥그란 웃임에

그듸선 꼿덜이
찐훈 향 흩뿌리멍
나비덜은 부채춤 추멍
시가 부피리니
제벨리 비핀 시 트멍 베리씨멍
양팔 벌려가멍
깔깔거릴 어린 것들광
과실낭마다 둥글둥글 둘린 과실을 따멍

나는 나는 "성령에 올매"란 그 시
둥글둥글 그 곱닥훈 시를 읊을 것입니다

"ᄉᆞ랑광 지쁨광 평화와 오래 춤음광 친절광
선함광 믿음광 온화와 자제니라" 아멘

(갈라디아서 5:22)

그분께서

태초에 낙원에서
인간을 흙으로 빚었어도
금지옥엽 하셨기에
마련해 주신 혼수 또한 대단하셨습니다
해도 띄워 주셨네요
달도 띄워 주셨네요
별도 띄워 주셨네요
땅, 공기, 서리, 이슬, 안개, 비, 바람, 구름, 물, 불,
들물과 썰물의 질서
밤과 낮의 오묘한 행진
큰 바다와 어족들
산과 언덕
각종 새들, 짐승들
얼마나 신나셨기에
오곡백과 익혀주시며
온갖 꽃들 피워주시며
인간들 기뻐하기를 바라시기에
그분께선

잃은 낙원 회복시켜 주시지 않고서는

못 배기시는

못 배기시는 그분께선

(시편 37:29, '의로운 자들은 땅을 차지하고 거기서 영원히 살 것이다.')

나 이 땅에 왓당그네

풀꼿 흔디 소꼽노네기 ㅎ당

"아으덜아 – 벨덜이 어가라 나왐셰

거쓴 왕 밥 먹으라덜"

우리 어머님 목소리 귓ᄀ에 '쟁쟁' 올리염구나

나 뒷동산에 올랏당

뱅세기 웃는 꼿덜만 봐지민

코삿ㅎ멍 나풀나풀 ᄂ는 나비덜을 ᄇ당그네

갑사댕기에 둘 마줌ㅎ당

연지곤지에 임 마줌ㅎ당

풀꼿 톤앙 나 머리레 꼿아주멍

손더레 풀꼿 가락지 찌와 주단 이녁

이녁이영 의지암지 의논족족 술 섞으멍

어진둥이 고운둥이 얼싸덜싸 ㅎ당그네

불급시리 앞이 간 이녁

수삼수태 만난 태역벙뎅이 뒌

부모님덜 친척덜 이웃덜 눈에 얼뭇얼뭇

칭원홈에 을큰홈에 눈물도 제웁당그네

낭썹덜 하늬ᄇ름에 수뭇 와려대김은

부영케 짓터졍 돈는 세월 따문이주
물ᄆ루 저착더레 욥아가는 서녁 놀 ᄇ레당
저 ᄎ싱돌 술짝 눈웃임
저 벨덜 밤새낭 수상아상 수상아상
ᄆ덜 ᄉ무침 따문이주
지팽이가 날 고쩌삼은
나 아망지망 홈 따문이주
낭도 늙엉 고목뒈민 놀단 셍이덜도 오지 안흐덴 흐는디

그디선 나 일름 불러주카
소꼽노네기 홀 때 어가라 나오단 벨덜
그 벨덜이 수상아상 흐는 나라
그 펭화의 나라
그디선 "복순아 묘생아" 기리운 벗덜 불러가멍
"절미야 일미야 글미야"
ᄆ덜 덩삭ᄒ멍 이녁 만낭 언주앙 안아보카
ᄋ용도 나 쿰더레 풀풀 돌암드는 이 기리움
세월이 ᄋ산 ᄇ는 중도 몰르단

193

백발이 부름광 훈디 너울너울 훈단그네
험벅눈은 어국누국엇이 엄부랑이 자가웃은 넘게 짓 부껌신디
문 뭉근 몸이 언징 들언 무침내 눈사름이 돼당그네
경 후여도 누시 '석석' 후여불질 안 후는
이 기리움!
이 기리움은 フ자도 나 찍시로구낭아

나 이 땅에 왔다가   (표준어)

풀꽃과 같이 소꿉놀이 하다가

"아이들아- 별들이 벌써 나오잖아

어서 와서 밥 먹어야지"

우리 어머니 목소리 귓가에 쟁쟁 달리는구나

나 뒷동산에 올랐다가

방긋방긋 웃는 꽃들만 보이면

덩실덩실 나풀나풀 나는 나비들을 보다가

갑사댕기에 달맞이 하다가

연지곤지에 님마중 하다가

풀꽃 따서 내 머리에 꽂아주며

내 손에 풀꽃반지 끼워주던 그 사람

그대와 의지하며 타협하며 하나되어

어진둥이 고운둥이 서로 좋아 얼싸안다가

급하게 앞에 간 이녁

사삼사태 만나 잔디와 엉켜진 흙이 된 이녁

부모님들 친척들 이웃들 눈에 얼뭇얼뭇

아픔과 서러움에 눈물겹다가

가랑잎들 하늬바람에 사뭇 서두르는 것은

부리나케 가는 세월 때문이겠지
수평선 넘어 익어가는 저녁노을 바라보다가
저 초승달 살짝 눈웃음
저 별들 밤새도록 오손도손 오손도손
모두들 사무침 때문이겠지
지팡이가 날 비켜서는 것도
내가 비몽사몽함 때문이겠지
나무도 늙어 고목이 되면
놀던 새들도 오지 않는다는데

거기선 내 이름 불러줄까?
소꿉놀이 할 때 서둘러 나왔던 별들
그 별들이 오손도손 하는 나라
그 평화의 나라
거기선 "복순아, 묘생아!" 그리운 벗들 불러가며
"저 친구야, 이 친구야, 그 친구야"
모두 덩실거리며 얼싸안아 볼까?

이렇게 내 품으로 폴폴 돌고 도는 그 사람 온기
세월이 지켜서 보는 줄도 모르다가
백발이 바람과 함께 너울너울 하다가
함박눈은 쉴새없이 한자 반은 넘도록 퍼붓는데
늙고 다 닳아진 몸엔 오한증까지 들어 마침내 눈사람이 되다가
그래도 결코 식어버리지 않는
이 그리움!
이 그리움은 지금까지도 내 몫이구나

아버님 보고싶은 아버님(대전유족회 아들)

아버님~ 하고 부르면
온통 '메아리'입니다.
한라산을 끼고 돌아
오름오름들을 돌고 돌아
온 세상으로 퍼지더니 뒈울려오는
온통 '뒈울렝이'입니다.
평화의 당당훈 이름표 달고
용서의 본이되여 한라에 우뚝 서신 아버님들이시여
제주의 전설되여 세계에 우뚝 서신 아버님들이시여
하늘의 노여움을 푸신 땅
고향 땅 제주엔
하늘 길 구름과 바람이 넘나들 듯
원망도 아픔도 사라진 자리입니다.
아버님 밭갈던 젱기만 보이고
송애기, 뭉생이 이껑댕기단 삼춘은 어디가고
주네 불던 성님은 어딜가고
ᄉᄆᆺ 좋아라 돌랑 댕기단
동네 아이들은 어딜 가고

돌담마다 몸져누운 인동고장이여 칡덩체기여
고랑마다 숨 죽인 쉐비늠 꽃이여
아버님! 이제는 햇님도 느긋이 잠든 밤마다
별들도 한결히 놀다 갑니다.
들새, 산새들도 목 놓아 울던 백조일손의 땅엔
잊혀진 마을마을에도
봄볕이 당도했구요.
아이들은 왕왕작작
조랑물들 와릉와릉
웅매 몽생이 주매 몽생이
황쉐 송애기 얼럭 송애기
아버님께서 그렇게 아끼던 제주일마들을
많이도 잃은 것을 애석해 하지 마세요
하늘님께서 의로운 자들은 땅을 차지하고
거기서 영원히 살게 하신다 하셨는데
그때는 사자와 어린이들도 같이 놀며 사는 때가 온다 하셨는데
아버님께선 말을 타서 달리는 것보다
사자를 타서 맘껏 달리실 날이 올 것입니다.

시편 이사야서에 나오는 말씀입니다.
아버님 얼굴 한번 뵈옵지 못한
저 황기홍 막내아들도 그때는
큰절 올리고 함께 영원히 살 것입니다.
아버님! 우리 아버님
제주 아버님들이시여
많이 많이 사랑합니다.

- 대전유족회 아들 올림 -

아버님 보고싶은 아버님(대전유족회 딸)

아버님!

내 어린날 그러셨죠

"오늘도 하늘 보렴 풀꽃 흠불로 밟으곡

풀버렝이 흐나라도 괴롭히민

돈좀 못잔댕 흐느녜"흐시던

산새, 들새 불러 모을까요?

풀잎 노래 꽃잎 노래 불러보고 싶습니다.

우리 어머님들 그동안 해 길어 허기진 세월 사시더니

거센 비바람 다독여가며

자갈밭 일구시더니

온갖 투정 다 받아내며

자녀들 키우시더니

후손들 재롱에 함박웃음이시던

어머님! 제주 어머님들 안부가 궁금했나 봅니다.

먼데서도 새들이 많이 날아듭니다그려

이제 제비식구들도 돌아와

만화방창 하겠네요.

올 수삼 국가 추념일엔

이 나라 대통령을 비롯하여 더욱 많은 웨방손님들이 제주를 찾았답니다.

세계에서 기자들도 학생들도
4·3 유적지들에 탐방오고 있습니다.
하늘도 유난히 곱고 이 나무, 저 나무에서
새들도 노랠 잘들 부르네요.
들판에 한가로이 풀 뜯는 송아지, 망아지들
돌담길, 바닷길, 올래길 걷는 웨방손님들도
모두들 싱글벙글입니다그려
아버님! 우리 아버님
제주 아버님들이시여
많이 많이 사랑합니다.
하늘님은 의로운 자들에겐 부활이란 선물을 주신 후
땅에서 영원히 살 수 있는 상속권을 주신다 하셨으니
하늘님 성경에 나오는 말씀입니다.
그때 우리 모두 만나 뵈올 때
아버님을 한번도 못 뵈온
아버님의 아들 황기홍이도 큰절을 올릴 것입니다.

제주 아버님들이시여

그때가 머지않아 오실 것입니다

그때까지 깊은 잠 푹 쉬고 계십시오

많이 많이 사랑합니다

- 대전유족회 딸 올림 -

이제사 놀래ᄒᆞ는 제주

아 4월의 오름 그 오름에 사민
볏살도 ᄇᆞ름도 놀당가던 초가동네
하늘보멍 착ᄒᆞ단 우알동네 사름덜
밧갈단 아바지 씨 뻬단 어머님 ᄌᆞ롭엘
송애기 뭉생이 이껑 댕기는 성덜 ᄌᆞ롭엘
지어가는 해보담 앞상 등불 붉히단
보름돌이 좋아라 돌랑 댕겻주
뷀덜도 굴룬말 엇이 돌랑 댕겻주

아— 4월의 오름 그 오름에 사민
고사리 얼엉 털단 너른 벵듸엔
밧담마다 몸뎐 누운 칡덩체기여
고랑마다 숨죽인 쇠비름꽃이여
어둑고 어둑엇단 작산 세월
보름돌 ᄇᆞ멍 날세고 돌세엿주
하늘에 뗏긴 꿈 곱닥ᄒᆞᆫ 꿈 데껴불랴
가시덤불 치와둰 세밋물 촛앗저

아— 4월의 오름 그 오름에 사민
밤마다 수심제완 짓노랑흔 그 돌이
4·3 평화공원 우틔 이제사 터올란
칭원흔 가심마다 용서ᄒ렌 귀태웁곡
백록담 짚은 듸서 솟아나단 새물이
보름돌을 볼끈 안안 흥글작작
할락산이 오름덜이 웅상웅상
혼진 ᄇᆞ름도 올레질 들어사멍 혼을 풀곡

아— 4월의 오름 그 오름에 사민
먹구름 헤씨멍 ᄂᆞ리는 벨덜의 함성 함성
동네마다 군불 내가 피어올르곡
제비식슬덜 돌아왕 만화방창 헐로구나
헷님도 한걸히 좀든 밤읜
돌도 벨덜도 한걸히 놀당 갑네다

눈물도 곱아불언마씀

2025년 4월 30일 초판 1쇄 발행

지은이　황금녀
감수　　양전형
펴낸이　김영훈
편집장　김지희
디자인　김영훈
편집부　이은아, 부건영
펴낸곳　한그루
　　　　출판등록 6510000251002008000003
　　　　제주특별자치도 제주시 복지로1길 21
　　　　전화 064 723 7580　전송 064 753 7580
　　　　전자우편 onetreebook@daum.net　누리방 onetreebook.com

ISBN 979-11-6867-218-5 (03810)

ⓒ 황금녀, 2025

이 책은 제주특별자치도와 제주문화예술재단의
2025년 제주문화예술재단 지원사업 후원을 받아 발간되었습니다.

값 15,000원